# 界首创业者

JIE SHOU ENTREPRENEURS

主编 ◎ 韩新东

JIESHOU ENTREPRENEURS

人民东方出版传媒
東方出版社

**图书在版编目（CIP）数据**

界首创业者 / 韩新东主编. -- 北京：东方出版社，2021.10

ISBN 978-7-5207-2352-7

Ⅰ. ①界… Ⅱ. ①韩… Ⅲ. ①故事－作品集－中国－当代 Ⅳ. ①I247.81

中国版本图书馆CIP数据核字(2021)第168684号

**界首创业者**

（JIESHOU CHUANG YE ZHE）

**主　　编:** 韩新东
**执行主编:** 梁　爽
**责任编辑:** 张洪雪　杭　超
**出　　版:** 东方出版社
**发　　行:** 人民东方出版传媒有限公司
**地　　址:** 北京市西城区北三环中路6号
**邮　　编:** 100120
**印　　刷:** 天津图文方嘉印刷有限公司
**版　　次:** 2021年10月第1版
**印　　次:** 2021年10月北京第1次印刷
**印　　数:** 1—5000册
**开　　本:** 710毫米×1000毫米　1/16
**印　　张:** 23
**字　　数:** 274千字
**书　　号:** ISBN 978-7-5207-2352-7
**定　　价:** 98.00元
**发行电话:**（010）85924663　85924644　85924641

# 序

## 心中有界首，就是界首人

刘连清

我的故乡安徽省界首市，是一座位于皖豫交界处的小城。早在抗日战争时期，由于界首没有沦陷，从而成为在风雨飘摇中内撤的民族资本的“诺亚方舟”，“实业救国”使界首一时繁华，号称“小上海”。当然，那多少有些畸形，但也确实使不少祖祖辈辈只知农耕的界首人见识到了近代工业，受到了市场经济的熏陶，对发展工商业有了先人一步的自为感知。在新中国成立后七十多年里，尽管界首经历多次曲折，但界首人对工业立市、发展经济的认识，抢抓机遇、迎难而上的意志，开放包容、好学善进的精神，使这座边腹小城顽强地发展崛起。特别是近年来，界首更是日新月异，成为闪耀在皖西北的璀璨明星。

党的十九大以来，“长三角一体化”发展正式上升为国家战略。2019年12月，中共中央、国务院印发了《长江三角洲区域一体化发展规划纲要》，圈定了包括上海市、江苏省、浙江省、安徽省全域的长三角区域一体化发展的规划范围，并对战略定位和发展目标作了进一步明确。“一体化和高质量发展”成为长三角所有城市紧扣的两大关键词。

上海无疑是长三角一体化发展的“龙头”，在长三角区域的最西北边际、有“小上海”之称的界首则遥相呼应。这一大一小的两座城，现已由高速铁路完美连接，在“小上海”，每日皆有开往“大上海”的始发高铁。作为一个界首籍的“老铁路人”，我尤感快慰。距城东六千米远、四周尽是农田的河北中学，早已完成了搬迁整合，现在这里是鳞次栉比、道路纵横、绿树成荫的高新工业区和新城区，已寻觅不到旧日的影子。家乡的发展太快了！

阅读了《界首创业者》，我深深地被家乡创业者的事迹所感动。他们大多都很年轻，其创业的艰辛拼争、成功的欢欣幸福和对未来前景的宏大展望，都在告诉人们，事业不仅要靠奋斗、拼搏才能成功，更要靠中国共产党的领导。在党的领导下，努力学习进取，确立正确的价值观，将每个人的事业融汇在全面建设社会主义现代化国家、实现中华民族伟大复兴中国梦的宏伟目标之中，才能实现国家富强，个人事业健康发展。

近年来，我回家乡较多。耳濡目染之中，地方党委政府精心谋划经济社会发展蓝图、努力营造良好营商政商环境的种种举措给我留下了深刻印象。也正是界首这座温暖又尊荣之城，让各地专家学者、科研团队云集界首与当地企业家结合在一起，让项目落地，将如果变为成果，将蓝图绘为版图，他们的才干在界首的淳风厚土中发挥得淋漓尽致。

从公布的一系列数据看，界首的高质量发展着实引人注目。我知道，这当然要靠不计其数、默默无闻的奋斗者用心、用情、用功地开发创造，而其中更多的则是以创业者为主体。界首市委、市政府将这群追梦人的奋斗群像、实干家的奋战历程，以图文并茂的形式集结成书，既尊重又看重了他们的坚守与勠力，既亮化又质化了他们的品格与创举。我料想，界首的创业者必定会在更大的范围内，引领更多创业者在新时代奋力实现新作为。

“心里有界首的人就是界首人。”此乃这座城市的主政者向外界反复输出的一个概念，这是何等的襟抱！《界首创业者》即将面世了，编者热忱邀我作序，所以就写了上面的话。

2021年8月

（作者为上海安徽经济文化促进会会长，原上海铁路局党委书记、局长）

（内文人物顺序按姓氏音序排列）

# Contents 目录

“市场是瞬息万变的，
绝不能一直停留于传统的经营模式。
只有创新才是企业发展的动力，
只有不断创新才能走得更远，
才能被市场拥抱。”

**毕翠翠**

安徽金喜龙新型建材有限公司总经理

# 毕翠翠：
# 芳华绽放“半边天”

文/余宏博　摄影/姜威

在被机器轰鸣声笼罩着的安徽金喜龙新型建材有限公司厂区里，错落有致地堆放着回收的各种废旧塑料，这些看似不起眼的废旧塑料经过破碎机粉碎后，就成为该企业主营产品合成树脂瓦的主要原材料。

“创新才能发展。”2016年，在总经理毕翠翠的带领下，金喜龙一改过去单一的经营模式，逐渐发展成为集生产、研发、销售为一体的现代化新型企业。2019年2月2日，界首高新区北城科技园揭牌，作为界首市工业园区重点培育的低碳节能绿色环保高新技术企业，金喜龙成为科技园的重要一员。

经过近几年的发展，金喜龙现在每年的销售额已达上千万元，设备也是以每年一条生产线的进度在升级，企业逐渐形成了一条相对成熟的自产自销产业链。2020年底，公司荣获“全国屋面瓦行业标杆企业”称号。

## 抓机遇　顺势而为

金喜龙的诞生、转型和发展，可谓界首百亿量级“垃圾产业”的一个缩影。浙江义乌的货郎用鸡毛换糖换出了一个小商品城，而安徽阜阳的界首，靠“换破烂、捡破烂”，造出了一个塑料回收加工的百亿“垃圾产业”。

20世纪80年代，塑料瓶、电视壳、废电瓶……这些在别人眼中一文不值的“无用垃圾废物”，在界首人的眼里却成了一个个优良矿产资源。进行废旧资源再回收再利用，从废品里“淘”财富的经济发展模式，让界首再度雄起。

金喜龙的前身只是一个不起眼的小作坊，将回收、粉碎废旧塑料提供给上游企业作为原材料，老一辈以此为主业。十几年如一日，安然度过。毕翠翠是嫁过来的媳妇，自然而然地与先生承担起了家里的这份产业。一个偶然的机会，她帮助上游公司销售了一段时间的产品并取得了很好的业绩，在此过程中她发现将原材料做成产品的商机，于是便萌生了独自创业的想法。

身为一名90后女性创业者，毕翠翠有着与其年龄不相符的沉稳与格局，她并不盲目从事，而是先深入了解调研当地市场。

在界首，有生产管道的，有生产护墙板的，还有做电力管的，但唯独合成树脂瓦在当地市场上是个空白。而界首及周边农村的破旧房屋上也多是铁皮瓦，使用年限也就五六年，雨滴落在上面不仅产生噪声，时间久了还容易生锈。毕翠翠敏锐地发现了这一商机，“而合成树脂瓦卓越的防水性能、优异的耐腐蚀性等优势，更加坚定了我要进入合成树脂瓦领域”。

此时恰逢界首市抓住国家支持循环经济发展的政策机遇，大力培育再生金属、再生塑料两大综合利用产业的大好时机，这让不安于现状的毕翠翠更加振奋。尤让人欣喜的是，政府部门在得知她的创业梦想后，果断地给予支持。2016年，在毕翠翠的精心筹划下，金喜龙正式开张，一个集生产、研发、销售为一体的年轻化精英团队应运而生。

## 强管理　以身作则

电子商务专业毕业的毕翠翠，可谓是制造业中的一名“小白”。在公司成立后的一段时间里，疯狂学习成为她工作和生活的常态，同时她还要亲自跑市场、抓生产。为了提高自己的综合能力，她主动向同行虚心请教，“取经”回来后便立即应用到自己公司的生产管理中。她在车间里与技工一起共同研制合成树脂瓦，不知不觉间，实现了从电子商务到实体经济的跨越。

毕翠翠深知，作为一个企业的带头人，凡事皆要学懂会做，只有如此才能将员工引向正确的方向，才能将企业带到一个新的高度。所以无论是销售还是生产，她都亲力亲为。

“毕翠翠看起来总是有用不完的精力。”有一次，客户的产品要得急，她和员工一样加班到晚上10点钟，车间灯光暗淡，不小心被机器伤到了手指，但她依旧没有停下，直到生产完成。

“这是我自己分内的事。我多做一点，其他人的心里才会平衡。当每个人心里没有抱怨的时候，才会认为做起来理所应当。”

在市场销售上，毕翠翠的执着精神更让员工们叹服。精诚所至，金石为开。打电话、访客户，一次不行就两次，两次不行就三次，当然，“我也有自己的底线，如果超过五次还是不行，我便会反思自己”，这也成为她对员工的基本要求。

人性化的管理和良好的企业文化则是重中之重。员工们各司其职，各尽其能。她在明确责任和义务的同时，也会根据员工不同的做事风格和方式相互搭配，让员工之间学会相互促进，相互补台，并且在每个月会根据个人任务的完成度进行打分，奖惩分明，互相激励。她在每月还会不定期召开两次会议，通报每个员工任务完成的情况，一起梳理遇到的问题，共同讨论解决的办法，在不断的总结中提升员工的业务能力。

毕翠翠还特别看重每位员工的主人翁意识，给予员工充分的话语权和自主权。“既然把任务交给员工，就应该给予充分授权和信任，不要随意指责，更不要戴着有色眼镜去看待员工。”在公司发展的过程中，她要求员工们积极发声，促使员工们对企业多上心、多用心，抱团发展，并肩前行。

## 铸内功　扎根市场

目前，金喜龙是界首本土唯一一家生产合成树脂瓦的企业。公司之所以能迅速打开市场，获取今天的成绩，秘诀有三：服务至上、品类齐全、品质过硬。正是这三点，吸引了众多经销商的加盟。

然而，随着金喜龙的产品市场占有率越来越高，一些市场乱象也随

之浮现。个别经销商为了片面追逐利益，擅自提高产品的价格或者在产品上以次充好。

毕翠翠认为，对此不足为惧，“我们企业的销售人员都会在车间做上一两个月才能下市场。可以说，车间里的每一道程序大家都会做，所以一眼就能辨别是不是自家产品。我们还会把自己的产品和对方的产品做直观对比，采用传统的火烧、车碾、铁锤敲击来检测产品硬度，并向客户出具一份正规的检测报告，这也是我们发展更多的长期客户所应具备的长远眼光”。

为了避免此类情况再发生，金喜龙将产品划分为多个系列，不同系

列的产品都有各自的价格标准以及相应的使用年限，并且会将价格标准、使用年限以及企业LOGO标示在相应系列的瓦面上。只要是金喜龙服务过的客户，都会留下客户档案以及相关合作底单，做到有迹可寻，有据可依。

与此同时，毕翠翠会定期组织和联合经销商做产品宣传，不断增强客户对产品的认知，向他们普及合成树脂瓦的常识，教会客户如何辨别正规的合成树脂瓦。

毕翠翠将企业定位为服务型企业，即服务当地老百姓，服务客户，服务经销商。尤其是在服务经销商方面，只要有客户订单，她就会直接交给经销商去做，企业也会帮助经销商销售产品，经营业绩依然归属经销商，所以即便给经销商的价格相对高一点儿，经销商也乐意与金喜龙合作。

## 重创新　互联共赢

随着企业的发展，毕翠翠越来越认识到人才与资金对于企业发展的重要性。但是，她也深知目前金喜龙的资金实力和承担风险的能力，尚不允许她进一步扩大生产规模和增加更多的人力。假若风险都聚集在企业内部，一旦遭遇市场不测，后果就会不堪设想。

经过与同行业的几家企业友好磋商，毕翠翠决定与它们联手并发展成为上下游产业链。作为产业链中的一员，金喜龙主要负责销售，其他企业则发挥资金、研发、生产等方面的优势，互补互动，共享共赢。

“市场是瞬息万变的，绝不能一直停留于传统的经营模式。只有创新才是企业发展的动力，只有不断创新才能走得更远，才能被市场拥抱。”

正确决策让毕翠翠尝到了甜头，“采用这种模式一年多来，不仅让企业降本增效，还进一步拓展了外部市场，即使有一方发展受挫，也有产业链中的其他方面补台支撑。未来，企业的发展将会继续以这种模式为主”。

目前，安徽金喜龙员工的平均月薪都要高于同行业，甚至高出近两倍。企业的市场也由最初在界首周边三四百里，扩展到现在的遍布青海、陕西、广东等省，经销商也由最初的30余家发展到现在的200多家。

## 为梦想　踏浪前行

从某种角度而言，做企业是与有梦想的人一道，共建通向理想的桥梁。这也是毕翠翠当初选择志同道合的人联合创业的原因。即便在创业之路上会遇到无数的坎坷，她也依然不离不弃，为梦想，走下去！

大学毕业时，只有25岁的毕翠翠走出象牙塔便随即走进广州的一家卫浴公司，并选择了与自己专业对口的电商板块就职。虽然此时该公司的电商业务不够景气，但是她仅用一年的时间就将业绩做到了2000

万元。

然而，毕翠翠并没有选择继续在大城市打拼，浓浓的家乡情怀让她毅然决然地回乡创业。对于她来说，界首是她的根脉，老一辈创下的基业则成为她的商脉。“之所以选择回乡创业，就是为了将企业做强做大，并用发展成果回馈家乡，为当地经济发展作出应有的贡献。”为家乡父老制造防热挡雨的绿色瓦面一直是她不变的梦想，因为合成树脂瓦不仅能美化城市，更重要的是能为老旧建筑提供隔热挡雨的“防护墙”。

曹德旺是毕翠翠最尊敬的企业家，“白手起家的企业家，一定要有家国情怀。企业家一定要积极帮助别人，为祖国作奉献。国家因为有你而强大，社会因为有你而进步，人民因为有你而富足”。这些励志话语始终在她耳畔萦绕，所以在践行社会责任方面，她从不含糊。金喜龙创建4年来，工人福利薪资比其他厂家都要高出许多，公司对当地贫困残障人士也有所帮助，并对两个贫困县的脱贫工作倾注了心力。

对于企业未来的发展蓝图，毕翠翠早已成竹在胸。她的总体步调是干三年、看五年、规划十五年，“不能满足于现状，别人能做到的我们要做好，更要做好别人做不到的。我们的规划是，两年之内做外贸，要求每个员工学习英语；用五年的时间让每位员工从物质、精神、知识、经验、地位等方面有一个全面提升；十五年的目标不是说生产线能达到多少条，而是要让每位员工都要在物质和精神上实现真正富足，要有更高层次的获得感、成就感、幸福感”。对此，毕翠翠信心满满。

“为顾客提供满意产品，

为行业提供高质量产品，

依靠完善的管理和过硬的技术

才能得到广大用户的认可。”

**曹士华**

安徽鑫洋机电有限公司董事长

# 曹士华：
# 付出也是一种幸福

文/ 刘娜　摄影/姜威

从拉着板车走街串巷卖货到远赴新疆、河北跑贸易，从修理、售卖农机到开设工厂生产水泵电机，从贴牌代工到自主研发创立品牌……“不管什么时候，技术都是最重要的。”创业路上，安徽鑫洋机电有限公司董事长曹士华凭借的正是一副好手艺。

他深知，技术不断进步，要跟得上，就得持续不断地钻研。

水泵、三相异步电机、智能电机……曹士华对于技术研发的执着让鑫洋机电的产品线不断丰富，陆续推出满足市场需求的产品。与此同时，鑫洋机电也捧回了阜阳市专精特新企业、省级科技试点企业、国家科技型中小企业、国家级高新技术企业等一系列殊荣，发展的每一步都走得扎实稳健。

“只要用到动力的地方就需要电机。机电行业属于通用设备，广泛运用于多个领域，产品种类多。”2020年，面对新冠疫情带来的巨大影响，曹士华研发出了医疗口罩机专用减速电机，不仅顶住了压力，还逆势增长，年营收超过2000万元。

2020年4月，鑫洋机电开启新一轮技改。这一次，曹士华瞄准了中高端市场。

在他看来，劣币驱逐良币的怪圈已被打破，随着高端机械设备的不断升级，提供动力的电机也将迎来一轮新的竞争，他不打无准备之仗。

## “跟着市场需求走”

当一位利用假期拉着板车走街串巷“卖货”的少年遇到一位颇有主见“叛逆”离家求学的少女，鑫洋机电的故事便开始了。

20世纪80年代，曹士华一直利用课余时间赚点“小钱”补贴家用。当地有烧红盆的传统，他便学着烧起了红盆，烧好之后他就用板车拉着徒步到将近200公里之外的怀远县去换些大米。

“那时很艰苦，一走半个月。”曹士华记得，有一次他带着15岁的弟弟一起去怀远，一路上吃的是自备的杂粮馒头和红薯，晚上就找2元钱一夜的小旅馆过夜。一天，他们没找到旅馆，眼看天要黑了，便随便找了个窑洞凑合一下。冬天的夜晚特别漫长，“又黑又冷”，曹士华安慰着吓到发抖的弟弟，努力忘记自己也刚满18岁。

两年后，曹士华踏上了更遥远的“卖货”路。

他听说新疆轻工业不是很发达，路途遥远，不少物资在那边是“稀罕物”。于是便在界首光武塑料市场进了一批发卡、小玩具，奔赴新疆。在伊犁，他用这些小东西换到了一些当地民族生产的塑料鞋底，这批鞋底在河北能卖个好价钱。

“一个月能挣2000多元。”曹士华坦言，虽然收入可观，但这是份辛苦的差事。幸运的是，他总是能遇到亲切淳朴的人，让他“走千里路、吃百家饭”。

那段时间，他去过新疆伊犁、到过黑龙江佳木斯，“到了当地就是骑着自行车跑，一天来回骑上百公里是常态”。累可以忍受，但偶尔在一些村里被狂吠的猎犬追着跑的场景，成为曹士华最难忘的危险时刻。

走南闯北卖货数年，让曹士华下决心稳定下来的是一个聪慧的姑娘。

1991年，曹士华结婚了，他的妻子有些“与众不同”。彼时，大多数农家女孩念书只求“不是文盲”，鲜有上中专技校的，更不用说还是孤身一人跑到省城合肥求学，读的还是全班仅一个女生的无线电专业。

“她可能就是那个年代的叛逆女孩。”提起妻子，曹士华眉眼中透出丝丝温柔，语气中尽显骄傲，“她可算是我的师傅”。

结婚后，曹士华觉得东奔西跑的日子不够稳定，他与妻子一商量，到界首开了一间门市部，主要售卖农用机械上所需的电机和水泵。因为妻子懂无线电，曹士华也有些修理手艺，于是，在售卖产品的同时，他们还兼营维修，这让他们的夫妻店迅速站稳脚跟并发展壮大。

“门市部的生意一直很稳定，但我觉得还应该有更大的发展。”稳定的生活过了十年，曹士华却不是温水里的“青蛙”，他在市场的大潮中观察着行业的变迁，伺机而动。

一次与朋友的聊天，让他萌生了新的想法。

朋友说，你开门市部，生意再好，还是售卖别人的产品，要想有更大的发展，得往上走，生产商才有定价权。恰逢界首市政府规划西城工业园区，鼓励企业入园发展，曹士华决定转型制造业。

初次试水，一贯稳健的曹士华先花了2万元年租金租下了几间厂房，准备慢慢来。从1993年起，曹士华售卖的水泵和电机就从浙江进货，其中有个“丰收”牌，是他熟悉的厂商，2001年，他买下了这个品牌，开始自己生产“丰收”牌水泵和电机。

第二年，他便斥资50万元买下了厂房，准备大干一场。

当时，由于农村自来水还不普及，水泵的需求量巨大。“要吃水用水，家家户户都需要，一台水泵两三百元，老百姓买得起，水泵寿命两三年，老百姓也换得起。”一番商议，曹士华决定将水泵作为主营产品。

经过几年的发展，曹士华积累了不少经验，也打磨出了一套自己的核心技术。2009年，他决定打造属于自己的品牌，安徽鑫洋机电有限公司正式成立。

“就像我朋友说的，开门市部卖得再好是别人的产品，现在也一样，‘丰收’牌再受消费者欢迎，终究不是我自己的品牌。”曹士华不仅要打造自己的品牌，还要为这个品牌注入积淀多年的技术血液。

鑫洋机电自创立以来，一直注重新产品开发的力度，依靠高校产学研合作，不断创造出满足机电市场实际需求的高新技术产品。

2014年，鑫洋机电根据当地灌溉需求，因地制宜地发明了“用电动三轮车带动水泵灌溉”，且在使用中还能变频调速。产品一出，不仅成了“爆款”，还收获了一个“阜阳市高新技术产品”荣誉称号，鑫洋机电也得以迅速发展。到2015年，鑫洋机电仅在安徽、河南的一级经销商就超过50家。

不过，随着农村基础设施建设的不断完善，自来水涌进了千家万户，水泵的销量急剧下滑。2016年，曹士华及时作出调整，减产水泵，到了2017年，他更是果断将曾经的主营产品水泵彻底停产。

“市场没有需求，技术再高的产品也是没有价值的。”仿佛一位水手，曹士华看到农机正在兴起，他迅速调整航向，开始主攻工业电机和风机。

## “为行业提供高质量产品”

转产工业电机后，曹士华依然延续了自主研发的传统。每年，他都将营收的10%投入到研发之中。

2016年，鑫洋机电在技术上做了延伸，推出了变频三相异步电机。据曹士华介绍，传统的三相异步电机能耗大，寿命短，只有三年左右。而鑫洋机电研发的变频三相异步电机除了更加节能降耗，还因为使用了耐磨度更高的材料和噪声更低的涡轮涡杆构造，电机的密封性更好、耐久度更高、寿命更长。

“自主创新，科技兴企”，曹士华非常注重人才培养，他采取柔性人才引进政策，进行产学研合作，以新的科技成果转化，利用高科技产品深入市场，带动其他产业的整体发展，并与多所高校签订产学研协议，提升企业科研实力和市场竞争力。

正是在三相异步电机上的不断钻研升级，2016年，鑫洋机电成功拿下“国家级高新技术企业”和“安徽省著名商标”称号，2017年荣获省级科技试点企业、创新企业100强，2018年成为国家科技型中小企业。

在技术的赋能下，鑫洋机电的产品也广受市场认可。据曹士华透

露，目前阜阳当地八成的粮机厂和超过九成的食品机械都用的是鑫洋机电的电机。为了降低物流和仓储成本，鑫洋机电还在主要经营区域开设了数个办事处，拓展经营的同时也方便了客户的售后服务。

值得一提的是，疫情期间，鑫洋机电排除万难，顶住压力，较早地复工复产，研发出了医疗口罩机专用减速电机。

“我们想为抗疫出一份力，也是丰富我们的产品线。”新冠肺炎疫情使很多行业措手不及，医疗相关产业最先反应，让曹士华看到了新的

鑫洋科技 品

增长点。

疫情之初，口罩成了稀缺品，很多企业开始转产口罩，口罩机的需求也随之猛增。曹士华联合合肥工业大学和安徽农业大学的专家团队自主研发了全铝材料的医疗口罩机专用减速电机，大大保障了口罩的生产。

正是因为产品线不断丰富，鑫洋机电2020年的研发投入比以往还多了一个百分点，“扛过了疫情”，年营收突破2000万元。2021年，曹士华决定进行一次技改，提高产能，满足订单需求。

“目前我们生产线的机器精细化不够，还需要用到人工，产能不足。”曹士华现在最大的客户是浙江丽水的一家机械设备上市公司，其订单量占到鑫洋机电总订单量的四分之一，而目前鑫洋机电的产能满足不了客户订单的需求，订货交付期要半个月甚至一个月。

按照计划，新的技改于2021年4月开始，争取两个月内完成。“主要就是引进一套全自动的生产线”，曹士华介绍道，一条全自动生产线的成本大约在600万元，而整套配齐则需要上千万元，“投入大，但投产后产能可以翻一倍，值得”。

“计划三年、做五年、看十年。”曹士华对这次技改充满期待，他要以此为一个新的起点，开启进军中高端机械设备电机的新征程。

事实上，电机行业的市场化程度很高。据曹士华介绍，目前，我国电机行业属于劳动密集型+技术密集型产业，大中型电机市场集中度较高，中小型电机市场的集中度较低，竞争激烈，价格已达到几近临界的地步，小企业的生存空间越来越受挤压。

“电机行业内部存在较大的分化”，曹士华表示，上市企业、大型国有企业因资金充足、产能规模较大、品牌知名度较高等原因，在整个行业的发展中占据了先机，逐步扩大了市场占有率。而数量众多的中小型、同质化的电机生产企业只能分享剩余的市场份额，在行业内形成“马太效应”，促使行业集中度有所提升，部分弱势企业被淘汰。

但电机的市场规模仍然巨大，“可以说，需要用到动力的机械，都必须有电机”。曹士华依然看好电机行业的未来。

据市场研究咨询公司MarketsandMarkets统计，2019年全球电机市场的规模为1220亿美元，由于受到新冠肺炎疫情的影响，2020年全球电机市场的规模有所下滑，约为1133亿美元。而中国是最大的单一国家市场，由于国内进行产业升级，高端制造业快速发展，对电机电控产品的需求快速增加，2020年电机市场的规模超146亿美元。

“以前中低端产品充斥市场，价格便宜，门槛低，容易出现恶性竞争，劣币驱逐良币。现在随着产业的升级，中高端市场的需求越来越多，但国内企业却没有太多话语权。例如伺服电机，目前国内高端市场近八成被主要来自日本和欧美的国外名企占据。”

曹士华计划增加机电产品种类，提高新产品质量，延伸市场领域，积极投入生产市场需求量大的机械行业，研发攻关控制电机的变频器、智能数控所需的伺服电机乃至新能源汽车电机等高端配套产品。

同时，曹士华还将进一步扩大市场销售范围，不仅限于安徽、河南等省，还要面向全国市场以及拓展外贸业务，加强公司品牌建设，提高企业知名度，追求更加长远的发展。

“转变企业传统经营模式，多元化发展企业商业模式。”曹士华表

示，过去鑫洋机电主要以个体营业部销售批发为主，今后要逐步以实体制造企业为主，不断开发新客户资源，开拓新市场，增加企业主营业务收入和税收，以不低于20%的增速为目标，3年内工业产值突破1500万元，纳税额超过20万元。

创业20多年，曹士华深知做企业的不容易，规避风险是他始终铭刻在心的。特别是一场突如其来的疫情，给很多企业带来了甚至是致命的打击，这让他更加谨慎。

“我们要稳扎稳打，种好梧桐树，才能引得凤凰来。”曹士华口中的凤凰说的是将陪他进入资本市场的伙伴，对于风投，他从来都不拒绝，但要等一个时机，一个他认为成熟的时刻。

而目前，曹士华要做的就是“为顾客提供满意产品，为行业提供高质量产品，依靠完善的管理和过硬的技术得到广大用户的认可”。

“浓厚的创业氛围和
企业资源将会为我们
带来更多的想象空间。”

**陈森**

安徽智联高科生产力促进中心有限公司总经理

完美的
只有完美的

# 陈森：
# “双创”筑梦　青春花开

文/邵梦　摄影/刘姜

对于安徽智联高科生产力促进中心有限公司总经理陈森来说，人生的每一次改变都是以5年为单位来计算的。

第一个5年，他在平淡的军旅生活中学习、读书、写文章。

第二个5年，他在磅礴的名山大川中看尽人情冷暖，寻遍人生方向。

第三个5年，他在浩荡的“双创”战略中加入创业大军，并为创业者服务。

“新技术推动了中小企业生产方式、组织方式的变革，产生了众包、众筹等新模式，中小企业服务体系要不断适应这样的变化，满足企业的服务需求，并通过与大数据、云计算、人工智能等新技术的融合，令服务模式不断创新，服务资源的集聚能力加速提升。”在陈森看来，中小企业公共服务机构的崛起与“大众创业、万众创新”带来的创业潮息息相关。

与日俱增的市场需求，将会令安徽智联高科未来拥有无限的想象空间。

20岁时，陈森体会到学习的必要性；25岁时，他见识到社会的多变性；30岁时，他领略到选择的关键性。“选择比努力更重要，而要想打通‘双创’最后一公里，专业化、细分化才是破局之道。”

## 不甘平淡

陈森至今犹记得自己20岁那年的冬天，他阔别界首熟悉的一草一木，远赴福建漳州入伍参军。

那一年，他高考失利，父亲因此被激怒，二人尚未冰释前嫌；那一年，在前往漳州的火车旁，父子俩上演了一出真人版的《背影》。

带着遗憾、不舍与不甘，他踏上了南下的火车。五味杂陈，如同打翻了佐料铺，各种滋味尽在其间，“不管了，向前走吧”。面对茫茫未知的前方，他生生咽下了所有情绪。

刚入伍的前两个月，陈森并没有接受魔鬼般的训练，时光在细致烦琐的文案工作中悄然飞逝。作为新兵，他下连后，又因为有文字工作的基础，被通信连队选中成为一名接线话务员。

几天下来，他便发现，这是一个枯燥的工种——不仅要转接来往电

话，每天更要背诵上百个电话号码。

于是，出现了一个奇怪的景象：别人训练时，陈森在背电话号码；别人睡觉时，他在背电话号码；别人吃饭时，他还是在背电话号码……

4个月，2600个电话号码，10分钟内能默写出50个正确号码——对陈森来说，短暂的新兵生活是那么与众不同而又印象深刻。

此后4年多的部队生活，他就再也没有离开过文职岗位。从文件的上传下达到电脑软件的灵活运用，陈森在大量的文字工作中逐渐得心应手，从而激发出他迟到的学习热情。

首+众创空间

由于此前从未接触过电脑，在各类Office软件面前，他觉得自己像个"文盲"。但另一方面，他的工作对电脑的依赖程度与日俱增。

没有人教，他就买书自学；白天上班没时间学习，他就等到晚上9点半熄灯后挑灯夜读。

无数个夜晚，陈森的值班室一灯如豆，他忘我地埋首于书海中，偶尔抬头，竟已见东方鱼肚白。从夏日蝉鸣到秋虫唧唧，从雪重折竹到大雁北飞，从不间断。

此外，从阶段总结到政治思想，从理论综述到实践体验，其间他还练就了一手好文笔。而此时的他尚且不知，手中的这支笔能干什么？

直到陈森醒悟过来，已是数年之后的事了。

2013年，陈森告别了长达5年的军旅生活，回到他原来的世界中。但这一次，他却放弃了令人艳羡的退役军人安置机会。

"如果被安置在县里或乡里，最多拿到一个乡镇事业编制。"对于陈森来说，稳定的"铁饭碗"过于安逸了。

可以一眼看到头的生活从来都不是他想要的，正如同他在部队的最后一年，熟稔的工作流程已让陈森变得有些麻木。

别人花一周干的事，陈森一天就能干完了。剩下的时间，陪伴他的不过是一杯茶、一张报纸和一根电话线。

波澜不惊的生活逐渐令陈森感到乏味，因此当领导力劝他留下来时，他婉拒了。

在陈森看来，过去5年他读了万卷书，自己的未来应该行万里路。

于是，陈森跑到旅行社当带队导游，在战友的冷链配送公司边打工边学习如何创业，经朋友引荐去一家塑料厂当司机，被厂长看中走马上任行政部主任……领略祖国的名山大川，见识社会的光怪陆离，在旅途中、在货物间，他的身体是疲惫的，但内心却前所未有地清醒，“我要创业！”

激发陈森创业激情的最后一根稻草，源于他的最后一份工作——行政管理。

“项目、人事、安全、考勤……我什么都不懂。”刚上任那会，陈森简直两眼一抹黑。他仿佛回到刚入伍的那段时间，潜下心来学习新的知识、吸纳新的养分，似乎想要达到“我要悄悄努力，然后惊艳所有人”的目的。

在一次次的项目申报中，陈森生平第一次接触到企业咨询服务这一细分行业。他发现，原来企业在申报项目、知识产权等时，不止他一个人遇到材料整理和专业写作的难题。

在这种情况下，企业会将申报工作打包交给专业的第三方服务机构来完成。

“这类机构前期不需要大量的资金投入，是我这种没有基础的创业者的最佳试验田。”陈森说干就干。

## 主动出击

2017年的冬天，安徽智联高科生产力促进中心有限公司应运而生。

陈森介绍，智联高科业务覆盖工业、农业、服务业各个方面，涵盖

电力、建筑、交通运输、信息技术、生产/生活服务业、制造业、纺织、医药、金属材料、再生资源回收以及行政机关公共服务等众多领域，主要为中小企业开展项目申报、信息咨询、管理咨询、专利申请、成果对接、技术服务、培训交流、接受委托等服务，包括国家高新技术企业认定、各类重点研发项目申报、可行性研究报告编制、企业技术中心认定、新产品认定等各类科技、经信、发改、知识产权项目申报服务。

在陈森看来，中小企业公共服务机构的崛起与市场需求的日益增长不无关系。

青春有夢 正当时
WE ARE SO YOUNG

随着"大众创业、万众创新"的深入推进和转变政府职能、简政放权、放管结合、优化服务改革以及"先照后证""五证合一"等商事制度的改革，中小企业的内生动力和活力进一步释放，大量的中小微企业铺天盖地迅速发展。

公开数据显示，2018年安徽全省新增民营企业28.1万户，增长率为28.3%。

大量小微企业涌现，需要服务体系为企业开办和成长提供政策、信息、法律、人才、场地等全方位服务，不断提高服务供给和服务效率，助力企业健康成长。

放眼安徽全省，自2009年启动国家级、省级中小企业公共服务示范平台认定以来，基于各级平台的准入门槛，安徽省中小企业公共服务示范平台体系建设在数量、规模实力、服务能力等方面都取得长足发展。

十年的时间，安徽省新认定的国家级示范平台达9家、省级示范平台54家，其中国家级示范平台认定数量位居全国第二位。截至2019年底，全省共有国家级示范平台29家、省级示范平台138家，分别同比增长20.8%、7%。

除了"被动"为创业者提供咨询服务、项目申报，陈森还主动出击，寻找科研成果商业化的机会。

一方面，陈森积极与高校和科研机构合作，寻找可以产业化的科研项目；另一方面，他积极对接众创空间、孵化器、投资机构等，为科技成果转化提供全程创业服务，如工商、税务、知识产权申报、融资、办公场所、人员招聘培训等。

"对于众创空间而言，提供物理空间的创业场所是其最大的优势，但涉及创业企业发展过程中的具体问题，如工商、税务登记，法务、财务、知识产权、重大项目申报，融资对接，信息共享、行业检测等，需要第三方专业机构提供更加细分、专业的服务。”陈森表示，第三方服务机构不仅为企业提供项目申报、人才培训、融资等创业指导，同时也能为众创空间本身解决发展的痛点，如各类项目申报、规划书撰写、项目引进、资本对接等。

截至目前，智联高科自主研发的相关技术共获得软件著作权登记11项，省级科技成果登记11项，发明专利（科技成果对接转换系统与方法）现已进入实审阶段。

2019年，公司通过了ISO9001:2015国际质量管理体系认证；2019年7月被界首市科技局认定为创新型企业，并成为安徽省生产力促进中心协会会员单位、安徽省科学家企业家协会理事单位；2019年12月，被安徽省科技厅认定为省级技术转移服务机构，实现销售收入132.79万元，上缴税费7.14万元；2020年3月完成安徽省第一批科技型中小企业入库；2020年8月获批“国家高新技术企业”……事实证明，陈森的判断是对的。

## 不破不立

陈森也有“成长的烦恼”，遇到最头疼的问题就是缺人。“尤其是学习能力强、对各行各业都能有所了解、综合素质高的人才。”

此外，尽管中小企业服务体系方兴未艾，但平台服务质量参差不齐、服务体系尚未标准化、服务企业规模小等问题颇为显著。

"新技术推动了中小企业生产方式、组织方式的变革，产生了众包、众筹等新模式，中小企业服务体系要不断适应这样的变化，满足企业的服务需求，并通过与大数据、云计算、人工智能等新技术的融合，令服务模式不断创新，服务资源的集聚能力加速提升。"在陈森看来，比之种种掣肘因素，更为看重眼下难能可贵的机会。

据了解，界首正在申请创建国家级高新区，这意味着有更多的高新技术企业即将入驻，"浓厚的创业氛围和企业资源将会为我们带来更多的想象空间"。

借此契机，陈森已积极开展创新服务，制定公司内部绩效考核办法，实行以绩效考核为核心的运行和管理模式，采用"优胜劣汰、奖勤罚懒，收入与绩效挂钩"等用人、分配、激励、约束方面的新机制，营造优越的人才政策和宽松的用人环境，不断吸收人才加入技术研发队伍。坚持专业化、规模化和规范化方向，以市场需求为导向，以体制、机制创新为动力，进行多种模式的探索和实践，强化生产力中心的核心业务，不断提高生产力中心的服务能力，逐步实现功能社会化和服务产业化。

不仅如此，陈森还留意到，2021年4月，安徽省经信厅印发了《2021年全省中小企业服务体系建设工作要点》，将培育省中小企业公共服务示范平台40家以上，省民营企业公共服务平台入驻服务机构700家以上；实现"皖企服务云"注册用户2万个以上，其中，企业用户做到省"专精特新"中小企业、高成长型小微企业全覆盖；入库志愿服务专家200名以上，组织发布服务活动1000场次以上，服务企业2万家次以上；培训各类企业管理人员2000人次以上；完成企业管理咨询与诊断100家以上。

政策红利正在逼近，如何细分服务的行业化、多元化和专业化服务模式？对陈森而言，在探索中小企业服务新模式、打通“双创”最后一公里的进程中，依然任重道远。

"等一步，
不如
进一步。"

**范军**

界首通达电子商务有限公司董事长

# 范军：
# 抱“团”忙得团团转

文/戚飞 摄影/刘姜

根据Trustdata数据监测，三线及以下城市外卖行业2019年上半年的新增用户占比高达44.2%。在一、二线城市外卖市场趋于饱和的情况下，三线及以下城市已经成为其新的突破点。

在国内某知名贴吧上，对于“在界首做外卖员赚钱吗？”这一问题的关注度颇高，网友之间讨论热烈，而一名有过当地外卖从业经历人员“只要肯吃苦，一个月6000+没问题”的回答收获了相当多的点赞。

以上，也是如今坐在美团界首运营中心办公室里的范军，最引以为傲的。

## “美团范军”

范军公司的主体名称是界首通达电子商务有限公司，该公司同时也是美团在界首外卖业务的代理和运营主体。

打开范军的微信头像和昵称，“美团范军”和那让人过目不忘的亮黄色，都成了他给自己最显眼的标签。创业不易，而范军对这份事业倾注了最大的激情和活力。

从2014年燃起的外卖平台“烧钱大战”，一直延续到2016年依然战火熊熊。而彼时的三、四线城市以及县域地区，相对来说稍显“平安无事”。

如此大的阵势，无论对消费者来说还是对想要踏入这个行业的人来说，都不可能只是“隔岸观火”。

相对于一、二线城市的激战正酣，外卖平台巨头已经开始将目光瞄准三、四线城市以及县域地区，长期的消耗战最终将完成市场的洗牌，能否在此过程中开辟三、四线及县域的第二战场，成为能否赢得这场激战的重中之重。

早就萌生了创业念头的范军，从2014年开始也在默默关注着这场外卖行业的商战。

处在“大众创业、万众创新”如星星之火掀起燎原之势的重要机遇期，外面的机会似乎如同满天繁星。风口涌来，似乎一下子将你送上天空，这一切又变得触手可及。

创业是需要饱含激情的，而低调内敛的范军却是冷静理性的。对他来说，这将是人生的一次重要转折，他不希望打一场无准备之仗。

这段时间也有橄榄枝伸到了范军面前，他发小初中毕业后就远赴新疆做起了塑料薄膜生意，七八年的时间打拼下来，如今也做得有声有色。

众所周知，循环经济和改性塑料产业在界首有着30年的发展历程，并且随着新疆生态农业开发的大潮，有相当一批界首人把这份事业开拓到了那块广袤的大地上。

“这不失为一个好选择”，范军说，全国很多产业都呈现出地域性色彩，因为一个地区外出创业的人集中从事同一个产业，而在异地逐渐形成集群效应。“老乡带老乡也是一种重要催化剂”，在人情关系重于商业关系的农村地区，不孤独的创业显然有着天然的吸引力。

志在实现人生价值的范军，原本在回乡创业时有些挫败感，一线大城市对年轻人的诱惑在于仿佛遍地开花的机遇，而家乡熟悉的土壤，似乎总是把机遇代代相传。

重新选择，他希望“不走寻常路”。深思熟虑后，范军终于迈出了关键的一步，从此之后，他成了界首的“美团范军”。

## 创业，不停地尝试

创业转型之前，文质彬彬的范军是一名私立中学的数学教师。他的理性思维和冷静沉着正好契合了数学教师的职业特色，以至于在任教后的前五年当中，他似乎觉得自己是真的适合从事这份职业。

如果说创业是一门功课，那么范军更像是误打误撞地选中了它。

毕业于工业设计专业的他，从一开始便对这个专业显得迷茫。

“Industrial Design，以工学、美学、经济学为基础对工业产品进行设计，以使其在符合各方面需求的基础上兼具特色。”

如今随着个人消费产品的百花齐放，工业设计已经炙手可热，甚至在全球范围内拥有德国iF设计奖、RedDot设计奖、美国IDEA设计奖

等行业“奥斯卡”。

但是在范军求学的2007年，尤其是对他读书所在的三、四线城市来说，工业设计实属一个新鲜事物，在就业方面也意味着冷门。

这让身处象牙塔中的范军有点心猿意马。周杰伦的“动感地带”广告铺天盖地之时，范军便率先下水入局，成了一名兼职电话卡销售员。

此行业恐怕是很多年轻创业者都接触过的第一个“行当”，兼职做销售员并不能获得丰厚的回报，却打开了范军的视野，似乎比起埋头伏

案做设计，更适合他的心性。

“当时很多人都说今后就业并不一定就是所学专业，多一种兼职经历，也为今后多一条出路和门路。”思路活络了，再加上腿上勤快，范军很快又接触了白酒销售、二手电脑组装等业务。这些既展现了他敏锐的商机洞察力，也让他初次体验到创业带来的成就感。

出于对电脑方面的喜好，加上远离中心城区的乡镇网吧有着低投入的特点，范军很快发现将城区网吧淘汰下来的二手电脑进行升级翻新

再卖到农村网吧是条路径。一来二去，起色很大，他一度成了当地农村网吧固定的“供货商”。

如果没有其他变化，范军很可能循着这样的轨迹发展下去，成为电脑数码配件领域的销售、代理，或者进入其他行业，继续挑战一个金牌销售员的成长路径。

临近毕业时，范军却犯了难。

因为母亲长期身体不好，特别希望他能回家工作，方便照顾家庭。在北方汉子心中，家的分量很重。放弃去大城市闯荡，小城市的生活似乎又离出人头地渐行渐远。

反复权衡之下，范军还是选择回到了界首。

“其实我心里特别明白，选择很少，机会很少。”范军坦言这样的想法之所以广泛存在于对大城市抱有幻想的年轻人心目中，与阅历、视野甚至是对家乡的了解有相当大的关系。

“创新无处不在，创新人人可为”，这是界首主政者在打造“养城无界、创新为首”时提出的思路。

实际上，在以界首为代表的广大县域经济发展的热土上，创业的土壤已经变得越来越肥沃。

放在十年前的范军身上，环境和胆识都不足以令他对此有着前瞻性的认识。

成为一名教师，是“众望所归”，也是他对返乡的暂时妥协，因为“创业”的课程将会令他打开新世界的大门，从此勇敢前行。

## 我的“团长”我的团

如果说创业需要99%的努力和1%的机遇，那么范军“幸运”地抓住了这难得的机遇。

七年的数学任教经历，让范军习惯用数学模型和逻辑思维去规划工作、擘画人生。

“当教师的时候，就以教师的标准要求自己”，这是范军对待每一份职业和每一个岗位的基本态度，“我曾立下目标要在五年内从代课老师成为班主任，并送走一届毕业生，这个目标顺利实现了”。

这是范军的自豪，也是他创业前对自己的磨砺。

从某种程度上说，他非常喜欢教师这份工作。常以创业导师自居的“乡村教师”马云说，教师的眼界就是学生的眼界。在范军看来，教书育人的意义就是授人以渔，甚至是以另一种形式让自己的理想在学生身上实现。

加盟美团，是范军迎来的可以去实现自己的理想的机遇。

因为赶上三大外卖平台的资本大战，业务下放到县域成为重要战略。而在这个过程中，他们需要寻找一个对此事业有着深度了解和共同价值目标的代理人。

为此，范军已经准备了三年。

线上业务的线下化，需要重点对数据进行深度调研和分析，而这恰恰是范军的专长。他果断拿下了美团在界首地区的独家代理权，成团建制，扬帆出海。

“最大的挑战是一切从头起步，美团外卖业务的市场拓展，说到底关键是‘团’的组建。”无论是市场地推团队，还是外卖送餐团队，都将是能否顺利打开市场的关键。前者的重点是平台商户的进驻，后者的重点是能否实现“最后一米”送餐到户。

代理业务也有其天然优势，就是可以共享成熟的技术平台、业务流程及管理方法，“团长”需要具备超乎常人的学习力，能将模块化的经验与本地化进行改良与融合。

学习的过程，必然伴随着“思考”。无论是何种成功经验与模式，如果仅是简单粗暴地复制，那么必将在此过程中付出沉重的代价。

与一、二线城市不同，县域居民消费习惯存在一些定式思维甚至是“舒适区”。楼下开了十余年的卤菜店、桥头那家烤鸭店也是当地闻名、城东老厂区的面馆总是凌晨打烊……县域生活范围原本就不大，对外卖的依赖程度远没有到城市居民那种程度。

“外卖模式的消费习惯，需要先有一个培养的过程。”这对于范军和他的团队来说，是最初的痛点。考虑到平台抽成等因素，商家不愿进驻；因为配送环节的等待过程，客户不愿下单……除非是极端天气，成交量难见起色。

然而城市的发展扩张必然带来生活成本和范围的扩张，继而产生消费习惯的演变。“等一步，不如进一步。”范军不愿等待这个节点的到来，因为创业依然不是一个人的事情，而是一群人以及他们背后家庭的事情。如果不有所作为，后果将是坐以待毙。

当好“团长”，这个团队给范军带来了回报。通过不遗余力的市场推广，许多时候甚至是苦口婆心，界首美团外卖业务迎来了曙光。

根据2020年疫情防控常态化之后的数据统计，界首美团日均订单量有了大幅提升，受天气等因素影响，有时订单量可超过万单，已经实现了盈利。外卖团队人员数量一年之内猛增，解决了当地几百人就业的同时，既让从业者获得了改善生活的收入，又为当地百姓的生活提供了便利。

这就是三年创业的范军作为“团长”的最大荣耀，让“团”慢慢变“美”，从而让创业的火花在家乡土地上烧得更旺。

“学会用一颗感恩的心、
善良的心，
去对待每一个人、
每一件事。”

## 高利萍

界首市圆梦家庭农场创始人

# 高利萍：
# 梦想照我前行

文/胡金海 摄影/刘姜

她是一个富有理想的“难”人：子女生病，身体有疾，生活的苦难却成为她向上攀登的基石与考验。

她是一个活出价值的女人：让孩子以己为荣，让父母脸上有光，朴素的理想支撑她用双手闯出一片自己的天地。

她是一个圆梦未来的好人：圆孩子的大学梦、圆贫困户的致富梦、圆更多人的中国梦，三个“圆梦计划”鼓励着她在脱贫攻坚、投身公益的道路上越走越远。

她就是安徽省界首市圆梦家庭农场创始人高利萍。

在当地政府的有力帮扶下，这个在2015年被当地政府正式建立档案的贫困户，通过自己的艰苦创业，仅仅几年时间就成功挣下五六百万元的家业。在成功脱贫的同时，她还带领当地一两百户贫困户共同致富，并发起组建界首市圆梦爱心志愿者协会，积极投身捐资助学等各项公益事业，成功诠释了一个贫困户的逆袭之路，谱写了一曲创业脱贫、先富带动后富的新时代乐章。

## 一个富有理想的“难”人

“我总是怀着一颗善良的心、感恩的心面对生活中的人和事。”

2020年12月21日，面对笔者采访时，操着一口“界首普通话”的高利萍始终面带微笑。生活的苦难与考验对她而言似乎只是过眼云烟。

只是，熟悉高利萍的人都知道，在这让人亲切舒服的笑容背后，她的生活也曾经历过生死抉择的至暗时刻。

时间退回到2015年初，带着三个未成年孩子在外打工的高利萍回到了家乡界首。

当时，刚过而立之年的高利萍遭遇了生活最残忍的一面：12岁的大女儿智力发育迟缓，11个月的小宝也罹患恶疾，雪上加霜的是高利萍自己也疾病缠身。巨额的医疗花费不仅让高利萍一家因病返贫，更让这个原本坚强的女子变得脆弱而敏感。看不到未来、看不到希望的生活，甚至一度让她产生了轻生念头。

庆幸的是，父母及时发现并成功阻止了她最坏的打算。痛定思痛后，在鬼门关走了一回的高利萍发现，如果自己真轻生了，对父母和孩子

的伤害肯定更大。

也是在那一年，了解到高利萍不幸遭遇的有关部门给她建立贫困户档案卡，村镇两级干部更是多次家访主动找她谈心交流。父母和弟弟也多次伸出援助之手，鼓励她战胜病魔早日回归正常生活，用自己勤劳的双手闯出一片新天地。

渐渐感受到人间温暖的高利萍很快转变了思想，她因此变得通透豁达。

近年来，特别是党的十九大以来，乡村振兴战略深入人心，农业成了有奔头的产业，农民成了有吸引力的职业，农村成了安居乐业的美丽

家园。在脱贫攻坚、致富奔小康的道路上，广阔的农村天地为农民的创新创业提供了崭新的空间和舞台。和很多富有梦想的新时代农民一样，逐渐感到春江水暖的高利萍跃跃欲试，她深信凭借自己的双手，依托党和政府的好政策，一定可以闯出一片新天地。

彼时，尽管依然在合肥、南京等地的各大医院里看病奔波，但这个从小就要强的皖北女子暗下决心，一定要努力改变现状，让全家人活出个人样来。

## 一个活出价值的女人

“农村女孩尤其是皖北女孩，大多都有牛的性格，勤劳、朴实、有担当。”

高利萍平静地告诉记者，小时候家里养过牛，牛与生俱来的勤劳、朴实、有担当的形象深深地印在了她的脑海里。她笑言，自己不会打牌，不会打麻将，更没有其他恶习，就知道干活，养活孩子、孝敬父母。

这种老黄牛一样的优良秉性让高利萍逐渐克服了疾病给家庭和自身带来的创伤，在微笑回归脸庞的同时，高利萍也更加用心地思考自己的未来。

三个孩子需要抚养，家里每天都要花不少钱，如何改变这种现状？小时候养牛的经历让她灵光乍现，一个流转土地、开办养牛场的计划逐渐清晰起来。

巧合的是，在带着孩子到合肥看病的途中，高利萍偶然参观了一家现代化的养牛场，早就有此打算的她随即就成了一名虔诚的学员。

从那以后，合肥这家现代化养牛场里就多了一个特殊的学员。

高利萍不仅虚心向养牛场里的专家请教各种养牛知识，还自告奋勇地投入养牛场的日常工作，从投喂饲料、清理牛粪等各种脏活累活做起。那些日子，只要不去医院看病，她每天天不亮就朝养牛场跑。就这样，一边看病，一边学习，高利萍不仅学到了给牛看病、打针、洗胃等专业知识，还积累了牛场建设、饲料配比等管理知识，更是在扫牛棚、出牛粪的实际操作中熟悉了牛的脾气等，这无疑为其日后真正创办家庭农场打下了坚实的实践基础。

2016年初，身体逐渐好转的高利萍正式把创办养牛场提上了议事日程。虽然此事得到了父母和家人的一致支持，但万事开头难，高利萍发现，长年累月的治病让自己连启动资金都没有。好在听说了此事的村镇干部主动找上门来，以担保贷款加私人借款的方式解了高利萍的燃眉之急。

由于资金紧张，第一年，东拼西凑了几万元启动资金的高利萍只养了十几头牛。

为了保证牛肉质量，高利萍坚持喂玉米糁、小麦秸秆、玉米秸秆等天然饲料，不放任何添加剂。正是这样的坚持，让高利萍养的牛受到了当地客户的青睐。到年底出售后，高利萍一下子赚了七八万元。这不仅成了高利萍的第一桶金，更进一步坚定了她加大投入持续养牛的信心。

多方努力之下，2016年8月，占地面积2000平方米的界首市圆梦家庭农场建成使用，高利萍的家庭农场逐渐驶入了规模经营的快车道。

由于之前积累了一些养殖经验，给病牛配药、打针这些活，高利萍都可以自己完成。同时，爱学习的高利萍除了请界首市畜牧局的专家定期上门提供技术指导外，还不断向阜阳、合肥、吉林等地的同行请教学习。过硬的养殖技术和科学的养殖管理让圆梦家庭农场快速发展，养殖规模从最初的十几头很快发展到现在的200多头。

高利萍算了一笔账：购买一头种牛成本约7000元，成熟期为10至12个月，成熟后的种牛在市场上的寄卖价格为1.4万元，去除成本，每头牛可实现收益3500元。

通过自己的艰苦创业，短短三五年，高利萍很快从建立档案的贫困户一跃成为当地小有名气的致富带头人。

“我要让我的孩子以我为荣，让父母脸上有光。”

言及自己的创业初衷，高利萍如是总结。

## 一个圆梦未来的好人

“圆孩子的大学梦，圆贫困户的致富梦，圆更多人的中国梦”，高利萍介绍，正是基于这样的考量，她才把自己的养殖场命名为圆梦家庭农场。

高利萍表示，创业脱贫后她感触最深也是改变最大的一点就是学会了换位思考，“学会了用一颗感恩的心、善良的心，去对待每一个人、每一件事”。

成功脱贫后，曾经因病致贫的高利萍对贫困户渴望脱贫、渴望致富的梦想感同身受，先富起来的她觉得自己有义务也有能力为他们的致富梦想提供力所能及的帮助。

高利萍说，一个人富不算富，大家富才是真的富。“我希望在自己脱贫的同时也能带动其他贫困户实现自己的梦想，共同脱贫致富。”

事实上，从家庭农场建成的那一天起，圆梦家庭农场的牛棚里就不仅有高利萍养的牛，还有当地其他贫困户寄养的牛。

在为前来寄养牛的贫困户免费提供场地的同时，高利萍还为这些贫困户提供疫苗、水电、技术等其他免费服务，甚至在招工用工时，高利萍也优先考虑安排当地的贫困户。

“我也是贫困户，今年50岁了，我自己的牛放在这里寄养，什么都是不要钱的，我参与管理，每月还能获得500元的管理费，真的很高兴。”当地贫困户孙玉灵说，每头牛挣3500元是十拿九稳的事。

目前，在圆梦家庭农场，像孙玉灵这样的贫困户还有很多。

高利萍认为自己只是做了该做的事，但党和政府不仅关心她的创

业与成长，还给了她“致富带头人”“最美乡村宣讲员”等一系列荣誉称号，这也让原本就朴素善良的她更加坚定了带领贫困户致富、热心公益的信心。

高利萍告诉笔者，当地党委政府的工作人员一直十分关心她的成长和发展，村镇两级的干部也经常找她交流谈心，在帮助她解决生产生活困难的同时，还积极对她进行思想引导，就这样，她逐渐从一个普普通通的农村妇女变成一个大公无私的人，一个愿意全心全意为人民服务的人。

2018年，先富起来的高利萍联合界首市党员干部、种养大户等100多位各界爱心人士，共同发起组建了界首市圆梦爱心志愿者协会，开始有计划、系统性地开展贫困学生、贫苦家庭的结对帮扶，成为界首当地公益事业一道亮丽的风景。

创业多年来，高利萍已经习惯了每天早晨五点多就到农场，给牛添草喂料，观察牛的一举一动。晚上下班回家，照顾好老人和孩子后一般都要到深夜十点多了，但无论再忙她都要看上一个小时的书，畅游在知识的海洋总是让她感觉到活力无限。

“走到今天，我觉得很不容易，但这只是梦想的开始，我还要继续走下去。”

谈及未来，高利萍信心十足地表示，下一步，一方面，她要继续扩大规模，流转更多土地，种植西瓜、玉米等更多农产品；另一方面，则要建立肉食品加工厂，完善养殖产业链，打造自己的品牌。

“打算建个屠宰场，自己销售，创立自己的品牌。”

“父辈创业的年代都是白手起家、
从零起步，
走到今天这一步实属不易，
当父母老了干不动了，
我有责任把他们视若珍宝的这份事业接过来。”

**何凯强**

界首何氏眼镜店总经理

# 何凯强：
# 架在鼻梁上的“创二代”

文/戚飞 摄影/刘姜

界首的中心城区和国内其他三、四线城市别无二致，老城的一两条主干道逐渐聚集了大量商户、人流而发展成为核心商圈。人民路、中原路在界首差不多就是这样的存在，如果细细观察，你会在高频出现的几家门店中发现一点蹊跷：这城中眼镜店的品牌相当单一，并且都有一个共同的名字“何氏”。

何氏眼镜店，在中心半径2千米左右的范围内，密集分布了七八家店铺，强势崛起开始逐步抢占当地的“眼镜江湖”。

## 少帅接班

对于“90后”的何凯强来说，他毫不讳言自己是有着鲜明家族背景和眼镜行业属性的“创二代”。

父亲是江西人，母亲是界首人，何凯强因此成了土生土长的界首人，从小操着一口界首乡音，虽然偶尔也会回到江西老家。然而相比于界首，他对江西的概念并非那么清晰。

何凯强的父亲在20世纪80年代只身前往东北，便一头扎进了眼科视光行业。与何凯强的母亲相爱后，二人便商议着回到家乡成个家开个店，相互扶持着把小日子过起来。

在拥有了近十年的专业技术积累和攒够了开店的钱之后，1990年，位于邻县太和的第一家何氏眼镜店开张营业。

得益于当地庞大的人口基数带来的充足消费市场，何氏的第一家店获得“开门红”。在此过程中，何凯强呱呱坠地，从小便开始接受眼镜行业的耳濡目染。

随着事业发展，何氏眼镜店在2006年开始扩张店面，先后在太和开设了第二家店，在界首开设了第一家店。

何凯强因此对“创业”的感触，始终是围绕着自家来之不易的眼镜事业。“父辈创业的年代都是白手起家、从零起步，走到今天这一步实属不易，当父母老了干不动了，我有责任把他们视若珍宝的这份事业接过来。”不说如何发扬光大，他至少不能连守业都没有守好。

随着心智的逐渐成熟，他对“守业”的观念开始出现转化，当新时

代的种种新鲜事物和新鲜理念层出不穷之时，何凯强想到了在守业的基础上寻求突破创新，将家族事业带上一个新的高度。

何凯强的创业理念雏形已现，他的创业之路从此启程。

父亲深感20多年在太和、界首创业的基础已经牢固，头十年打品牌、攒声誉，后十年扩版图、占市场。于是在2016年萌生退意，交班的想法愈发强烈。

不像媒体经常炒作的那些“叛逆”二代，试图挣脱家族产业的束缚，去做自己喜欢的事情。何凯强本就对自家的眼镜事业毫不抵触，双

向选择，一拍即合。

此时的何凯强已经悄悄变得羽翼丰满。为了能在未来接班之际胸有成竹，不辱使命，他在大量接触了店内日常工作的同时，还频繁参与其他地区的行业交流，学习专业知识转化学习成果。一条全新、清晰的何氏眼镜店发展路径已然形成。

少帅接班了。

## “创”上层楼　修炼内功

金庸小说里的张无忌，成年后跟随父母自北极冰火岛返回中原，从此步入江湖。后来得到机会修炼九阳神功、乾坤大挪移，从此独步天下。

要按照自己的思路去打造何氏眼镜店，成为界首眼镜江湖里的“搅局者”，何凯强首先想到的是整合资源、提升服务质量，做眼科全流程服务。这里的“搅局”，指的是狙击外部力量。

彼时的界首眼镜市场，与全国各地都存在一个共同的现象，就是拥有眼镜产业集群的“温州帮”“台州帮”占领着各地市场。

何凯强的父亲从2006年开始扩张布局，第一站并非界首，而是阜阳中心城区。

这次投资被证明是失败的，单店损失30万元。后来何凯强认为，阜阳主城的发展也比下辖县域相对快一些，老牌眼镜店早已聚拢了固定

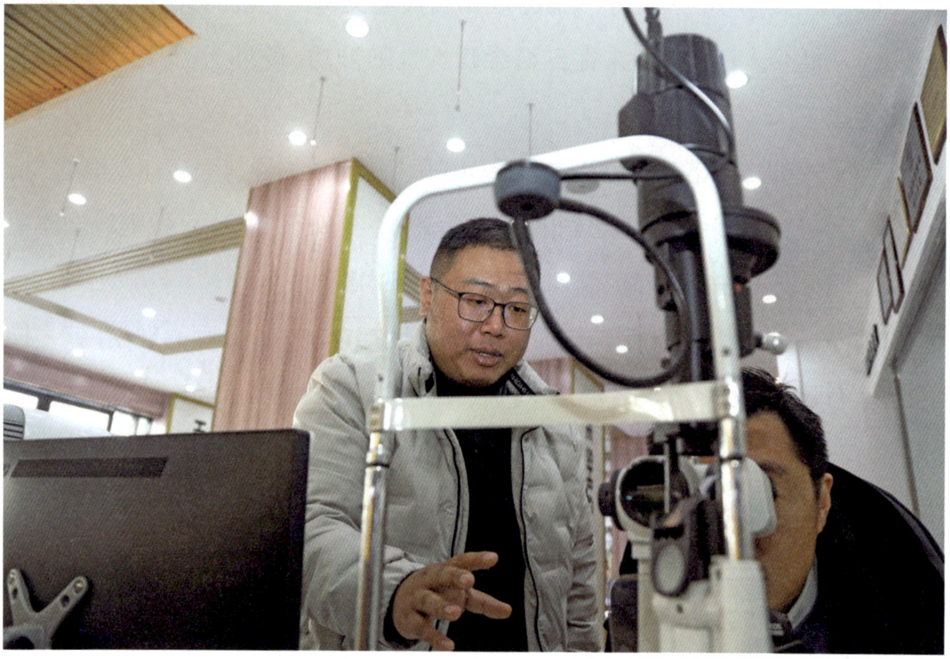

隐
形
专
区

的消费人群，且各方势力盘根错节，何氏眼镜店作为“新人”入场，再加上比起竞争对手，自己并没有独特的销售模式，因而必然遭到集体排挤。

包括在界首扩张的4家门店，从2006年到2010年，始终处于亏损状态，一度连交房租都成了难题。

“也就是从这个时候开始，我父亲开始反思，并且带领大家加强学习”，在何凯强看来，扩张路线绝对不能陷于盲目，且一、二线城市的发展路线及大品牌的做法未必适合扎根县域的何氏眼镜店。

通过思路转换，战略调整，从2011年开始界首何氏门店逐渐赢利。

有过这样的前车之鉴，等到何凯强要伸展拳脚之时，他显得更加谨慎了。

此时的他不会不明白竞争对手势力之大、实力之强，面对强敌，该如何应战甚至突出重围？

在国内各大城市的眼镜市场中，亨德利、吴良材、大光明、宝岛等知名品牌鏖战正酣，基于本土成长起来的何氏眼镜店，略显势单力薄。

近30年来，眼镜行业同样经历了与大众消费习惯类似的变化过程。

20世纪90年代直到21世纪初，眼镜行业主要面向刚需群体，尤其以学生和上班族为主力人群。“2015年左右，随着消费类别多样化、消费需求得到井喷式发展，逐渐出现医用化和商业化两种趋势。”

据何凯强介绍，一方面，满足专业化消费需求的医用化门店逐步增多。传统眼镜店向能够贴近医院眼科专业水平的方向发展，不断增购设备、引进人才，并且从服务内容的角度也从过去的单纯配镜演化为视力保护；另一方面，满足个性化消费需求的商业化趋势更如雨后春笋般催生出多种门类和品牌，在眼镜的设计、款式、功能属性、材质、使用场景等方面更加精细化。

为此，何凯强将重点放在内功修炼上，重点提升界首地区何氏眼镜店的“医商兼修”。

从专业化层面，一方面，何氏眼镜店投入大量资金购置验光仪器，对验视人员组织业务培训，提升专业度和熟练度；另一方面，大量引入各类高档、中档眼镜品牌，丰富产品线，覆盖不同需求的消费人群。

人民路附近的何氏眼镜旗舰店里，窗明几净，仅一楼营业面积就占据了四个常规门面。玻璃橱柜中，各种眼镜按照材质、价位、品牌分门别类，墙壁上更加显眼的位置是国内一线品牌的专属展架，给消费者带来的是更加直观的视觉冲击。

另一侧则是一排各种验光仪器，颇有专业化眼科医院的感觉。

在何凯强的构想里，这只是品牌升级的第一步，而在此之后，他同时开始布局一盘大棋。

## 江湖留名 独门秘籍

作为行业“生力军”和新一代年轻创业者的何凯强明白，想要把父辈传予自己的这份事业真正干出一点成绩，就必须掌握在竞争中立于不败的“独门秘籍”。

年轻的他曾经一度对店面内的传统业务颇为排斥，“我上学那会儿就立下目标，今后要将何氏眼镜店开到50家”，对商业模式和新兴业态的兴趣与关注，令何凯强更愿意将目光瞄向经营核心理念的革新，“毫不讳言，当对这个行业有了足够的研究之后，这个目标现在会是500家、1000家”。

为此，何凯强提出“从眼镜行业1.0向2.0、3.0去尝试改变”。

所谓的1.0，是这个行业已经赖以生存数十年的固定根基：即通过差价来获取经营利润。而今后的升级革新，是围绕着让传统配镜行业成为眼科医院在服务方面的补充。

何凯强提到，对于眼镜消费者，尤其是学生群体，其家长最初都会侧重于传统眼科医院的“权威性”。然而，医院往往只能提供验视光的专业服务，定制化的配镜需求仍要在眼镜门店当中完成。

这后端的重要一环，存在诸多衍生和丰富的空间。

为了抢占布局未来2.0、3.0市场的先机，何凯强做了两件大事。

一是在界首中心城区，投入重金拿下一栋独立建筑，并逐步将其打造成集合了验视光、配镜、视力防护与矫正、售后服务与定制服务的综合性眼科中心。建起之后，它将成为能够辐射整个界首地区的眼科服务中心。

二是2016年在上海注册“文节生物”的品牌，并研发出“晶明乐”这一视力防护与矫正品牌。在“晶明乐”的产品体系中，围绕“6至16岁青少年的用眼健康”，建立综合性用眼和视力恢复方案，并开发出按摩

综合验光室
HE SHI GLASS
NTMAX

仪、视力保护药剂等全链条产品。

“晶明乐”甫一面世，就承担起了何氏革新与扩张的使命。

在经营与合作模式上，“晶明乐”依托自己掌握的核心技术，采取加盟的办法抢滩新一轮眼镜行业市场洗牌，短时间内已经形成100多家的规模。

其间，还有一件事是何凯强“固守己见”的结果。

随着移动互联网大潮和电子商务在国内的全面渗透，眼镜行业的不少从业者为了规避过去店面租金、人员成本过高的问题，纷纷转向线上拥抱O2O业务。何凯强对此不以为然，眼镜行业的线上化的确能够省去很多中间环节的成本，同时在大众消费者层面形成低价的假象。“然而，眼镜行业的基础是专业化和服务，这两项都是以线下体验感为核心的，简单的线上化无法解决服务体验的核心问题，长期依靠低价仍然会回到过去的无序竞争时代。”

得益于界首近年来对创业者的政策帮扶，以及主动融入大上海的发展战略，随着商合杭高铁的全线贯通，界首与上海之间的时空距离被缩短至3小时。这让一开始便将目光聚焦在上海高精尖科研力量和专业商业咨询的何凯强喜出望外。如今，他平均每月都要往返界首与上海之间数次，不断推进“文节生物”“晶明乐”等2.0时代产物反哺何氏眼镜店的迭代升级。

“企业发展的同时
一定要对社会经济发展作出贡献，
这是企业的责任，
更是企业家的担当。”

**贺喜双**

安徽清大云博环保科技有限公司总经理

# 贺喜双：
# 要为行业争口气

文/余宏博　摄影/姜威

在中核集团核工业北京化工冶金研究院（以下简称“核化冶院”）从事工业领域水质分析仪市场开发及需求反馈工作的10年，贺喜双深深意识到中国工业领域必须要有自己的高端精密仪器仪表。仪器仪表行业虽然只是制造业的一个细分领域，但它却在高端产业、科学研究等方面有着举足轻重的地位。

在芯片领域，中国有华为海思、中芯国际这样具有行业影响力的芯片企业，但在仪器仪表行业，尚不存在类似领先的企业，美、欧、日在这一行业具有绝对的控制力。目前，一些国家在芯片领域已对我们设置了不少障碍，若是在高端仪器方面再动“歪点子”，恐怕会对我们造成不小的损失。现实也让贺喜双更加坚定了要做进口替代品的决心。

2017年，贺喜双从核化冶院离职，组建了一支集研发比色分析法、电化学法、光学法、滴定法等国内不同分析领域的博士、专家团队。在不到4年的时间里，他一步一个台阶，相继建立了桂林云璟、北京清大云博、安徽清大云博，以贺喜双为首的研发团队研发的工业领域水质分析仪直接对标美国哈希公司，瞄准了我国五大能源集团和“三桶油”等高端用户，提高产品的核心竞争力，市场份额不断提高。

根据贺喜双的战略规划，2021年会继续加大销售力度，主攻钢铁、化工、电力用户较密集的京津冀、长三角和珠三角区域。贺喜双坦言“为了让企业可持续健康发展，不会一次性把步子迈得太大，会一步一个脚印，向5年后1.2亿元的目标挺进”。

## 种下了梦想的种子

贺喜双，1978年生于河北，在青海长大，现定居深圳。因为夫人是界首人，界首已然成为他的“第二故乡”。

20世纪末，他在青海一家发电厂工作。在此期间他便崭露头角，从一线技术人员逐步进阶为总经理秘书。但他不满足于现状，总想再实现更大的作为，又觉得继续在发电厂工作难以施展拳脚。2008年，他从北京航空航天大学经管系毕业，于是便毅然决然地辞职。而后，幸运地被中核集团核化冶院录用。这一待就是十个年头，也正是在这里，种下了他梦想的种子。

在核化冶院的最大受益，就是贺喜双明确了今后要做的事情，锻炼了他对产品的认知、市场、需求、应用、反馈等整个体系，吸收了对整个公司的运营管理的诸多经验，也让后来的他有了实施的能力。

从2009年开始，贺喜双便在核化冶院从事水质分析市场的开发及需求反馈工作，在深入市场时他了解到，进口的水质分析仪占中国80%的市场份额，产品价格昂贵，中国每年要花大量的外汇，“如果我们国家在工业领域拥有自己的水质分析仪该有多好”。

截至2020年，国内能够生产污染领域监测仪的企业有100多家，但是能生产制造工业领域水质分析仪的只有10多家，而且工业领域水质

分析仪对研发的投入非常大，对企业销售团队和售后服务团队要求比较高，相关人员团队必须要对该领域有相当深入的了解。

核化冶院作为中国当时唯一一家涉及工业领域水质分析仪制造的央企，也面临着研发效率不高、船大不好掉头的状况，因此产品也没有全面推向市场。这种现状也一度让贺喜双很受伤，那时他便立志涉足进口替代，研发制造出工业领域水质分析仪。为此他开始默默地绘制梦想的蓝图，技术出身的他，身边也聚集了一群志同道合的朋友，这也成为他后期共同擘画梦想蓝图的伙伴。

## 不到4年，3大研发基地落子

从核化冶院离职后，“四处逢源”的贺喜双很快便配备了研发团队、销售团队和售后服务团队。这其中包括先后就读于清华大学精密仪器系和德国柏林工业大学微机电系统的肖魏博士及其带领的一支DNV技术团队，该团队曾专注水质分析仪器研发12年。

贺喜双深知，做研发需要大量的资金，研发周期相对较长，一旦产品销路拓展不开，资金不能及时回笼，则无法支撑企业持续健康发展。他的梦想之路仿佛搭上了幸运快车，2017年4月10日，适逢国家环保部印发《国家环境保护标准“十三五”发展规划》，提出贯彻落实“水十条”要求，围绕工业源、生活源、农业源等水污染防治重点领域，优先配套相关排放标准，其中工业废水主要围绕十大重点行业，完善工业源水污染物控制指标和要求，并增加制定煤化工、页岩气开采等新兴行业水污染物排放标准，修订污水综合排放标准。

在“水十条”等利好政策的影响下，政府在加大对水污染治理行业资金投入的同时，也让更多社会企业进入水污染治理行业建设之中。与此同时，环保部门也开始对重点排污单位以及零散的小企业进行全面监测，这也表明环保监测产业的市场需求量突然间增大。

于是，贺喜双迅速调整风向标，先研发污染源领域的监测仪。为了分得一块市场蛋糕，贺喜双在2017年着手建厂，先是在桂林湖塘总部经济园设立基于物联网技术的环保在线仪器生产中心，研发生产污水监测仪。因为已经具备强大的研发团队，污水监测仪研发相对顺利，加上市场用量较大，桂林工厂很快便高速运转，2018年就销售了2000台仪器。

然而，好景不长。随着污染源过程监测领域的生产企业越来越多，个别企业开始以贴牌等方式打价格战，每台产品的价格从起初的八九万元瞬间跌落了一半。

面对新的境况，如何通过深耕市场来抢占更大市场份额，是贺喜双需要思考并要快速解决的问题。为此，除了研发污染源在线监测仪，他组织以肖魏为首的研发团队把用户可能用到的水质分析仪、采样器、数采仪等仪器也一并智造，以便为企业提供完整的需求。

可喜的是，截至目前，桂林工厂的用户已经遍布全国，贺喜双的研发团队已扩容为40余人，产品也由单一型向全领域发展，2020年销售业绩一下子达到了5000万元。

一鼓作气，再接再厉。一次机缘巧合，让清大云博基于物联网技术的工业过程监测领域水质分析仪表生产中心项目落地界首。2018年底，安徽清大云博环保科技有限公司成立，主要从事工业纯水及净水领域水质在线监测装置的研发、生产、组装。而此时的桂林工厂，已经能反哺安徽清大云博的研发。

关键是该产品对企业有实实在在的效益，有了这个仪器相当于有了一双眼睛，能够帮助企业分析生产过程中使用的水质是否达到工艺要求，进而为企业及时调整生产工艺提供专业参考依据，节省工业用水的同时还能保证生产过程的高质高效，所以用户愿意买单。与80%的进口产品市场份额同台竞争，贺喜双底气十足。

## 瞄准高端客户

“做进口替代、做高端市场”是贺喜双对水质分析仪产品的明确定位。不与低端市场做同质化竞争，对标美国哈希公司的水质分析仪。“让我骄傲的是，将我们清大云博的水质分析仪和美国哈希公司的放在一起测量同一用水，看谁的产品测得准、用的时间久，看谁的产品质量好、售后服务好，结果我们的产品更胜一筹。对方已经开始降价了。”贺喜双喜于言表。

在市场拓展上，安徽清大云博瞄准国内五大能源集团和中石化、中海油、中石油“三桶油”，因为央企具有一定的代表性和示范性。“以前中石化用的水质分析仪是美国哈希公司的，现在使用了清大云博的，当

其他企业调研的时候，这就为我们的产品做了最好的背书。”贺喜双兴奋地说。

在产品研发上，安徽清大云博着力提升产品的核心竞争力。以肖魏博士为首的研发团队除了有针对性地根据企业需求研发一些产品，在产品的外观设计上更为精巧、产品性能上更快更准。在线监测、自动取样、化验、出结果、超标则自动留样……一系列规范化流程为企业带来了极大便利，更重要的是产品精度和智能化程度，也是其他国家的品牌所无法比拟的。

在售后服务上，2018年初，贺喜双就在北京经济技术开发区设立了营销中心和售后服务体系，成立北京清大云博科技有限公司，针对全国从事工业纯水、净水领域的水质在线监测装置销售与售后，扩展污水领域仪表在工业废水排污口监测仪表的销售和系统维护。“营销中心和售后服务体系之所以落户北京，是因为这里聚集了一大批中字头企业和目标客户，做市场推广比较便利。此外，北京人才众多，便于吸引更多的人才加盟。”

令人欣喜的是，2019年，安徽清大云博营业额达到543万元，上缴利税42.3万元。2020年，在疫情严重的1—3月份营业额超过200万元，全年营收突破2000万元。与此同时，国家专利局还受理了该公司八项实用新型专利、两项发明专利。通过计量器具许可型批、三体认证、获得商标注册权并取得AAA资质证书。售后团队一举获得西安热工院仪表维护资质及中环协仪表维护资格证书。

## 企业发展与社会责任相融

根据贺喜双的规划，安徽清大云博2021年将把主要精力聚焦在加大产品销售力度上，因为只有将产品卖得出去、资金回笼，才能支撑企业更稳固、更持续地向前发展。

加大销售力度最重要的是配备更多的销售精英。为此，安徽清大云博与北京技师学院、北京师范大学、中国矿业大学化工学院分别建立了联系。特别是当地高考落榜生、因家庭困难无法复读而又梦想在北京技师学院深造者，由安徽清大云博出资培养，并约定学成归来之时就职于清大云博，此举在引进人才的同时也践行了社会责任。“企业发展的同时一定要对社会经济发展作出贡献，这是企业的责任，更是企业家的担当。”作为界首市招商引进的企业，当地政府对企业发展软实力的打造及良好营商氛围的营造，使贺喜双的内心充满着感恩并带领企业奋勇前行。

界首当地多是再生塑料和再生金属生产厂家，大多面临着排污口监测不规范的问题。安徽清大云博协助界首市高新区管委会、环保局，为当地企业管理人员做宣传、培训、引导以及思想工作，并为他们解读国家近期新的环保政策和国家对外排口的监测规范，进一步提升他们在环保方面的意识，规范企业行为，改进污水处理设施，并免费给予技术支持。

在了解界首因目前缺少高端制造业，大量生产再生塑料和再生金属的工厂需要一个强大的分析中心为其做服务和依托时，贺喜双积极帮助界首市政府部门对接引进核化冶院，拟在界首建立国家级实验室，这个项目也正在国家有关部门的积极审批之中。

## 前瞻性让企业立于不败之地

若想在市场竞争中不被淘汰，企业一定要具备前瞻性，强化核心竞争力。“清大云博的核心竞争力就是研发，提前做产品升级储备，先对市场做预判，把有市场需求可能性的产品做好，一旦需要就可以立刻使用。包括产品的升级改造，设备的自动化程度，与物联网的链接，实现远程的控制维护等，之前的实施验证了我们的做法是正确的。”贺喜双透露，清大云博在3年前就已经研发了5G的产品，做到了行业领先。

企业要快速发展，必须顺势而为，做强产品质量和提高科技含量。“国家需要什么，我们就研发什么。前段时间华为芯片事件的影响，各个领域开始做进口替代的呼声越来越高。我们几年前就有这个想法，也具备这样的研发能力，并研发量产推向市场。目前，仅是国企用户，我们已发展19家。在进口替代上占据了一席之地。”贺喜双思路清晰。

在国内，水质检测仪从无到有，产品品质由低到高，直到目前的进口替代，是经过几十年的发展一步一步走过来的。自从我国有了自主研发，清大云博也逐渐挺直了腰板。

“虽然目前清大云博的工业领域水质分析仪产品在国内市场份额还很小，我一个人的力量太为渺小，团队力量也还不够强大，这件事我这辈子可能都做不完，但是我会尽力而为，起码要为国产提气，为进口替代领域助一把力。我做企业的目的就是做进口替代，有生之年就是要把进口仪表的份额逐步缩减，打破一些西方国家的垄断，让它们不再对这些产品漫天要价。”

“人要有梦想，
更要敢想敢拼，
不留遗憾。”

**胡仲华**

界首市佳祺农业开发有限公司总经理

# 胡仲华：
# 苗木长成“摇钱树”

文/马园园　摄影/姜威

辽阔的皖北平原沃野千里，悠悠淮河更是中华文明的发祥地之一，滋养着生活在这片土地上的勤劳的人们。界首市邴集乡张忙村因一片五彩斑斓的彩叶树林驰名全国，望着眼前的树林，界首市佳祺农业开发有限公司总经理胡仲华的心中不由地升腾起自豪和喜悦，他与彩叶树相伴已近十年。

生于皖南绩溪的胡仲华在青春年少之时，从未想象过自己有一天会从事农业并在皖北大地扎根。

早年留学的经历让胡仲华钟爱加拿大的旖旎风光，浓墨重彩又相得益彰，自然造物之神奇让他对于当地彩叶树林之美难以忘怀。于是，一个更大的梦想在他心中落地生根并终成现实——投身农业，将彩叶缤纷之美播撒到祖国大地。“绿水青山就是金山银山”，皖北土地的丰饶让他留了下来，近万亩彩叶林让他更加懂得什么是自然之美，他也在产业发展中以实际行动助力当地脱贫攻坚。

“人要有梦想，更要敢想敢拼，不留遗憾。”农业生产绝非旦夕之业，需要持之以恒，更需要无悔付出，胡仲华坚定目标之后就从未犹疑过。从育苗起步到设置精品化发展之路，从传统农业到借力科技，从成就个人事业到精准扶贫助力乡村振兴，他的每一步都稳稳地踩准了时代的节拍，这也更让他明白个人的成长始终要和时代发展、和国家需要保持一致。

## 走精品化发展之路

胡仲华是“80后”，自加拿大学习国际贸易回国之后，他一度遵从家人安排接手了家族企业的外贸工作。2007年，他来到阜阳市太和县，从一片空地到兴建厂房引进设备招工开业，事必躬亲，事无巨细。亲身参与每一个环节之后，他第一次充分感受到商业世界的无穷魅力，而与迪士尼、可口可乐等国际企业的合作中，合规运转、重诺守信的重要性不言而喻。对于初入商海的胡仲华而言，商业第一课让他受益颇多。

2010年，受美国次贷危机引发的全球金融危机影响，他的外贸生意一落千丈，迫于现实压力不得不按下暂停键。

如果说事业上的中断让他经历阵痛，那亲人的重病不啻给了他当

头棒喝。两年多时间里，他几乎都在求医问药中度过，无心工作。

“抉择从来都是痛苦的，但是放弃更难。”胡仲华肩上的责任让他无法一直消沉下去，重新站起来再出发是他唯一的选择。

人的一生可能面对无数次选择，而每一次的选择都有可能造就完全不一样的人生。胡仲华深谙选择的重要性，他到处走走停停，想看看外面的世界，求胜于未知。

一次偶然间踱步林中，极目望去满眼翠色，美则美矣却失了一丝灵动与多变。这让他不禁想到加拿大的彩叶树林，各色争俏，让大自然更显生意盎然。为什么不能把彩叶树林带到国内更多地方呢？一个念头如流星般闪过胡仲华的脑海，狠狠地击中了他那颗求新求变的心。

但是胡仲华并未急于求成。脚下这片皖北的土地沃野千里，土地平整，适合机械化、规模化发展农业。这一加分项固然可喜，然而他从未从事过农业生产，对选种育种等更是一窍不通，心急吃不了热豆腐，他时时告诫自己要多调研少武断，要听听来自市场的真实的声音。

看好银杏，胡仲华去了江苏邳州实地调研；欣赏桂花，他去了四川和广西详细了解市场……他善于从数据分析中找出根据，不盲从、不片面才能得出相对客观的结论。几经走访，市场也传来了令他振奋的消息，彩叶树市场大有可为。

据了解，彩叶树是以活立木稳定的外观颜色为划分依据，是近些年发展起来的树木分类形式。彩叶树是普通绿色乡土树种，在长期的栽培过程中，经人为定向选育，培植出性状稳定、非常规绿色的观赏类林木品种。彩叶树自古就有，像红叶李、红枫等就是最具代表性的传统彩叶树品种。随着科学的发展、技术的进步、环境审美要求的不断提高，彩叶树正越来越多地被引入我们的居住环境中。

户外景观需要大量的彩叶树进行美观亮化，这与胡仲华的预期不谋而合。界首的气候、土壤、海拔等条件也都符合大范围种植彩叶树，特别是当地政府发展的理念和思路又一次触动了胡仲华，当地良好的农业产业布局和配套让他最终将项目落子界首。

2013年9月，界首市佳祺农业开发有限公司正式成立。公司先后在邴集乡流转土地2600亩，东城城区流转土地2500亩，大黄镇流转土地

4700亩，总规模达到9800余亩。已储存的金叶复叶槭、金叶榆、加拿大紫荆、金叶杨、蓝冰柏、桂花、金红杨、金叶刺槐、美国红栌等50多个品种、640万株彩叶植物苗木为大地铺染上了多彩的色调。

众所周知，农业产业化发展需要长时间的培育和投资。创业初期，胡仲华倍感无力和疲惫，“当时心里还是挺慌的，无底洞一样的投入，不知道何时才能赢利”。2017年，佳祺农业才开始有收入，此前三年多的时间里胡仲华不是没有崩溃过，夜里睡不着他就起来走走，思索些没

想明白的问题。由于他没有育苗经验，苗种死亡情况频发，他只得不断在失败中找方向，适宜彩叶树生长的温度和湿度也在摸索中渐渐清晰。

“我这个人认准方向就不会畏惧失败。”与笔者交流时，胡仲华始终展现出一种难能可贵的坚定与果敢，他不怕失败，只怕没有全力以赴。

他也明白，随着科技的发展尤其是物联网、大数据等持续推进，农业产业化发展势必要插上科技的翅膀。佳祺农业投资2.8亿元，在邴集

乡建成了44栋现代化程度较高的智能塑料大棚及5栋高标准的智能温室，通过电脑操控，实现自动卷阳、卷膜、喷水、打药、通风等功能，普通大棚120余栋用以利用植物叶片进行组织培养（无性繁殖）培育彩叶绿化风景苗木。他们还聘请了中国科学院、华南理工大学、安徽农业大学等知名院校的专家学者前来指导，重点解决育苗环节出现的问题，真正保障种苗的安全和可靠，最大限度地杜绝病虫害。

2014年，佳祺农业还与华南理工大学就市政园林绿化和河流湿地生态修复等开展深度合作，同时利用农业废弃物快速无害化一体制肥机，使用当地丰富的农作物秸秆回收再利用制造出有机肥料，为环境保护、维护生态平衡协调发展作出贡献。

有了科技加持，胡仲华就有了足够的底气走精品化发展路线，“市场上的精品苗不多，我们要做到棵棵精品，这样我们的竞争力自然就有了。”佳祺农业的彩叶树最远销至新疆阿克苏地区，光运费就是一笔不菲的开支，可是采购方却告诉胡仲华就是看中他们种苗的品质，主要用于城市主景观绿化建设，质优价高同样符合市场需要。

“不是没有人质疑过我，一个不懂农业的人怎么还给自己定了那么高的要求？有的人做生意眼光只看到明天，有的人看到明年，而我们至少要看到五年后甚至更长时间。农业需要培育，更需要耐心和持久，精品化发展战略就是我们最大的安全边界。”早年间外贸竞争的残酷让胡仲华早已习惯未雨绸缪，他的布局与落子必须看到更远的地方。

## 精准扶贫助力乡村振兴

创业十余载，胡仲华理当有所变化，秉持本心的他却仿佛“归来仍是少年”。他从不认为自己已经有所成就，总是在强调还是个创业者。

“创业之路，人每天都有开心和痛苦的时候，所以要学会愉快地处理事情。有困难证明你没做好，解决了问题，自己的能量不就来了嘛。越是小事越谨慎，越是大事越愉快。”尽管已在苗木行业沉浸多年，胡仲华难免也会有“失手”的时候，市场上苗木众多，偶尔也有以假乱真、看走眼买回来育苗不成功之时，他也会很有挫败感。胡仲华总是会告诫自己，规划先行，把自己要成为什么样的人、佳祺农业要成为什么样的企业想明白了，很多问题自然就解决了。

胡仲华的成长之路上，父亲一直是他的“指路明灯”。父亲在20世纪80年代开始从乡镇企业做起，身上那股子不怕吃苦、不断拼搏的劲头给了他很大的启发。“我也知道农业不好做，但是现在恰逢天时地利人和之时，只要沿着创新之路继续走下去，我认为未来会为我们而来。”

当下，胡仲华聚焦的重点仍是苗木的育种和市场选择，尤其是要研发培育一些更新换代的产品。此外，他也在精心研究苗木习性和病虫害防治，将二产三产进行融合，腾挪出一定精力去生产有机肥和苗木专用肥，“比如金叶复叶槭喜欢氮肥，加拿大紫荆则喜欢钾肥，这些都可以在专用肥研发和生产中进行调整，而最终的产品经过我们自己多轮的试验，会更快地市场化”。

创业路上，走在前面自然倍感压力，但是跟随者的压力会更大。胡仲华总是提醒自己在转型路上要不断适时调整自我，毕竟创业路上不能停，市场也一直在变化。

在交流中笔者了解到，佳祺农业先后在2014年9月荣获阜阳市林业产业化龙头企业荣誉称号；2015年10月荣获安徽省林业产业化龙头企业荣誉称号；2016年1月荣获安徽省级现代林业示范区荣誉称号；2016年9月荣获国家级中国特色彩叶苗木产业示范基地荣誉称号；2017年9月荣获阜阳市农业产业化龙头企业荣誉称号；2017年11月荣获诚信

阜阳十佳产业扶贫企业荣誉称号；2017年12月荣获安徽省示范农业产业化联合体荣誉称号；2020年获得国家级重点林业产业化龙头企业；2021年1月，胡仲华更是喜获第八届“光彩事业国土绿化贡献奖”。所有的荣誉都是对他过往坚守的肯定与认可。

市场同样以实际行动给予胡仲华褒奖。目前，佳祺农业的苗木可谓供不应求，2021年年产值预计突破8000万元。品质化发展之路让佳祺农业的苗木有了充分的市场竞争能力和溢价能力，这样的场景自然让胡仲华乐在心头。

更让胡仲华骄傲的是，他们正在用实际行动，带动周边乡民脱贫致富。2017年佳祺农业吸收当地农民务工300多人，发放工资400万元；2018年务工人员达到500多人，发放工资700万元。在精准扶贫中，佳祺农业产业带动农户加贫困户7000余户，就业带动基地周边贫困户300余人务工，累计入股分红人数达到6000人左右，每年发放土地租金1000多万元。

“佳祺农业在精准扶贫方面主要采取四种方式：第一种是产业扶贫，公司每年发放工资将近1000万元；第二种是就业扶贫，优先让贫困户在基地务工；第三种是金融扶贫，贫困户可以利用小额贷款带资入股，每年不低于3000元的分红；第四种是捐助扶贫，公司对丧失劳动力的贫困户捐款捐物。”胡仲华表示，正是在四种方式并举之下，佳祺农业也将自身发展与脱贫攻坚事业紧密联系在了一起。

据胡仲华介绍，佳祺农业将继续加大投入，引进一些高规格的名贵稀缺彩叶苗木、花卉等，争取品种能达到200个左右，基地规模扩建到2

万亩左右，全力打造集生态林业、科普示范于一体的田园综合体生态项目，并最终将企业打造成一个集旅游、观光、休闲于一体，经济、社会、文化、生态健康协调发展的现代农业企业，“继续流转更多土地，带动更多的贫困户脱贫。”他表示。

在胡仲华的畅想中，田园综合体会让大家与自然更亲近，真正体验一种回归自然、返璞归真的生活方式，这里有田间地头的丰饶物产，也有远离喧嚣的片刻寂静。而这也是他渐渐爱上的生活方式。

胡仲华用他数十年来事业和生活的变化向我们展示了一个有志青年不断向上向善的经历，有磨砺更有收获，有失去也有所得。他在裂变中找寻更多可能，也在沉浸中寻找可能的缝隙，让更多光和热照进心田，让人生得以探寻更多意义。

“我的梦想就是

把现有的产业做大、做精、做强，

成为行业龙头，

在发展企业的同时也要更好地回报社会，

进而实现个人的价值。”

**靳成龙**

界首成龙塑业科技有限公司总经理

# 靳成龙：
# 我拿青春搏明天

文/余宏博 摄影/姜威

16岁到20岁，他从懵懂的学子成为一名军人；

20岁到23岁，他独当一面成为家族产业的接棒者；

23岁到26岁，他让一个传统的加工作坊转型升级成现代化新型公司。

最近这十年，他的人生完成了一次又一次的华丽转身。

而接下来的第二个十年、第三个十年……他或将继续带领企业成为行业龙头、全国领先。

他就是靳成龙——界首成龙塑业科技有限公司总经理。

## 人生的第一次转身

靳成龙是一个地地道道的界首人，家里从祖父辈开始，就一直经营着与塑料有关的生意。

初中就结束学业的靳成龙没有其他技能傍身，只得顺其自然帮助家里打理着生意。当时只有16岁的他，觉得人生还很漫长，若要健康成长，就必须接受更良好的教育。于是他选择到部队这个大熔炉里接受淬炼，四年的军旅时光让他受益匪浅，规范化、制度化的管理和红色精神的教育，让他体会了“吹尽黄沙始见金”的艰辛与不易，也让他感悟出做人做事必须紧跟党的政策和国家发展的大方向。

2015年，靳成龙告别军营，重新踏上故乡的热土，他决定投身于家族产业的经营管理之中。从小就耳濡目染的他，跟随作坊里的技术人员边看边学边做，慢慢的熟能生巧，逐渐喜欢上了再生塑料产业，“这个行业虽然不起眼，但是国家的朝阳产业”。

也在此时，再次面对家里的作坊式经营模式，他有着自己的思考：“早年的农村小加工作坊，经营思想保守，没有正规军，一直不停地搬迁，一直变换经营方向，什么赚钱做什么，规模小、不稳定。再这样下去，并不会有长远的发展。”

他将想法和家人沟通后，很快便得到了家人的赞同与支持。2016年3月，一家人投资3000万元在界首市高新科技园区租用了一块地，安徽成龙塑业科技有限公司便正式成立。“主要经营塑料建材成品、再生塑料颗粒PE、PU塑料制品、塑料包装材料、橡胶材料、塑胶材料、电器塑料制品生产、销售等，集回收、破碎、分拣、加工生产于一体，为下游企业提供原材料。”他第一次明确了家族企业的经营方向。

定位是精准的，收效是明显的。第二年，公司就营收1638万元，上缴利税242万元。

## 家族兴旺的接棒者

经过几年来的学习和积累，靳成龙已经具备了接班的能力。因此，2018年，他顺利地从父辈的手里接棒。而接手公司后面临的第一个问题就是环保问题，“当年环保风暴来袭，环保等级开始逐渐提高”。

环保是企业的命脉。企业不达标，产品无法进入市场，更谈不上生存。靳成龙当机立断，着手拆掉现有的机器设备，购买环保设备并重新包装整个生产线。

成龙塑业拥有2条生产线、2台粉碎机，每年生产塑料颗粒5000吨，塑料制品2000吨。客户群一直很稳定，年产值也保持着固定增长。

2020年，成龙塑业实现营收3535万元，平均增速在30%以上，上缴利税500万元。取得如此的业绩，主要得益于成龙塑业前些年多方面的积淀，以及靳成龙的父亲靳建锋坚守的诚信理念，“在保证产品质量的同时，我父亲只赚取合适的利润”。

作为年轻的创业者，靳成龙谦逊好学，永不服输，勇于接受新事物，不断提升自己的眼界和格局。通过积极参加界首市政府组织的各项

活动，他对企业的经营管理理念及如何更好地发展有了全面的新认识。在了解界首市政府正顺应国家发展大趋势大力发展循环经济并实施招商引资政策后，靳成龙萌生了让成龙塑业进行一次转型升级的构想。

“成龙塑业规模还是太小，仅有两条生产线，每年三四个客户的需求基本上就饱和了。虽然技术研发没有问题，但是若想发展更多的客户，却没有更多的生产线和场地去承载。”靳成龙很想拥有属于自己的一个工厂，而不是租用别人的厂房，他决定响应政府的号召，一边着手招商引资，一边着手建立自家的新厂。

靳成龙瞄准了成龙塑业合作十几年的下游企业新澳公司，“这是一家经营了20多年的企业，运营理念与我们吻合，企业带头人也非常务实。如果能与他们合作，成龙塑业未来的路子会走得更稳、更宽”。

起初与家人商谈时，父辈的思想相对保守，觉得两辈子攒下来的心血不能这么冒险，更不愿意把家里所有的积蓄投入到新建厂房中去。但经过多次和家人充分沟通并畅想了未来规划后，父亲最终还是决定放手让他去做。

## 迭代升级的操盘手

2019年5月，靳成龙在启动招商工作时就深入学习了界首市关于招商引资的相关政策，结合当地现有的有利资源和优势，在高新区和园区领导同志的帮扶下，于当年10月在郑州与新澳公司签订了项目投资合同。

"靳寨乡党委、政府积极争取土地指标、支持拆迁工作，全面贯彻'一证到手，六证齐发'的利好政策，更使得我们在极短时间内就取得了完备手续，符合了开工建设条件。"

安徽奥邦塑胶科技有限公司总投资6亿元，项目分两期建设。2021年7月，一期第一条生产线正式投产使用，根据规划，年底三条成品线完成投产；2022年7月底CL-ERP管理系统具备验收条件，同时申请二期项目开工，二期的三条成品线投产后，到2023年达到销售目标20个亿。在成为本土优秀企业的同时，有望成为国内最全塑胶地板研发生产基地。

此前租用的成龙塑业厂区，靳成龙也以出资购置、科学规划等方式，通过合理合法的程序取得了土地证。作为安徽奥邦塑胶的配套厂区，成龙塑业重建后继续经营再生颗粒，生产一些民用地板革，为后期的研发专家团队建造研发室。所有人员由奥邦公司统一管理、调配，有助于公司上下衔接，也更有助于原材料的把控。

作为安徽奥邦塑胶的合伙人之一，靳成龙自认为是重新出发再创业。在新的平台上，对于未来的发展战略、经营管理，他干劲十足、信心百倍。

## 誓做行业的龙头企业

"成为全国塑胶地板行业的龙头"是安徽奥邦塑胶的发展目标。而若想成为龙头企业，必须在产品质量上做到行业领先，攻克整个行业面临的研发壁垒。

于是，靳成龙开始深入市场，发现并总结出目前国内外塑胶地板存在的普遍问题：一是塑胶地板抗污层存在缺陷：耐磨强度差，抗划性差，遇硬物冲击易脱落、成本高等；二是塑胶地板施工用黏合剂存在缺陷：塑胶地板铺装一般使用的黏合剂为水性黏合剂，油性黏合剂由于溶剂挥发至塑胶地板会产生鼓包、分层等不可修复的事故；三是PVC在加工过程中会产生油性气体，挥发物中主要成分为DOP油性分子，有一定的气味，环保中难以通过；四是PVC塑胶地板是由多层复合而成，一般采用的是热熔复合，但是生产工艺有一部分要求为冷复合，冷复合采用的胶对塑面的要求较高，不能达到100%合格率，造成复合损失加大；五是现在干式复合胶为502类型的瞬间黏合剂，与塑面油性会产生分离，黏合效果差。

而界首市政府此时牵线搭桥的四川大学高分子材料研究院，正好赋予了靳成龙解决以上所有问题的信心。通过与该研究院的对接，成功解决了塑胶地板的防火问题。此外，靳成龙还经常参加行业内的相关活动，广泛结识这个领域的专家，并计划用5年左右组建2至3个院士团队。一旦有解决以上问题的可能或者有研发该领域新产品的转机，他就会积极寻求合作。

如今，国内原材料越来越少，再生塑料越来越多，国内的产品里基本上都会添加30%的再生料。再生料是已经使用过的，成本虽低，但质量、性能方面也会大打折扣。“我们想通过专业研发团队的加持，在再生料里面加上化学成分，让它也能达到原材料的等级。”

2021年的全国“两会”提出碳达峰、碳中和等环保理念，奥邦塑胶

为此特别注重绿色环保，在院士团队的带领下，在生产实践中再生料用70%—80%、原材料用10%—20%，成本降低的同时也最大限度地把原材料的性能发挥到了极致，逐步让再生料代替原生料。此外，塑胶地板的原材料PVC大多是从矿产中提取的，在再生料循环再利用方面也可少开采一些矿产，为再生循环的绿色环保作出新贡献。

当前，高端塑胶地板的市场基本上被韩国、美国、德国的公司垄断，因为对方原材料较为丰富，产品采用的多是新料——树脂粉，产品性能较高，因此被医疗、机场等广泛采购使用。而郑州新澳公司的塑胶地板在全国的高端市场只能占到5%左右的市场份额，“我们希望自己能够早日生产这样的高质量产品，尽快进入行业前列”。

奥邦塑胶为此抢抓机会，进入了深圳市政府统一采购地板革的名单，参加了试点，“通过政府的平台为我们打品牌，打响奥邦塑胶地板的品牌名声，让更多国人知道我们也有国产的高端品牌产品”。

安徽奥邦塑胶发展的目的，也是让每一位员工身心愉悦。在人文关怀上，除了为工作满两年的员工购置五险，公司还考虑独生子女的员工赡养老人的压力，设立了医疗基金、教育基金，并对家庭生活确有困难的员工及时提供帮助，尽力解决生活难题。

在人才培养上，因为是科技研发类企业，所以安徽奥邦塑胶以培养界首本土的年轻人为主，人品则是主要的考察因素。公司也正在高薪聘请一些技术能手一对一地进行培训，为发展做好人才储备。同时也创造有利条件，让员工的付出和回报成正比，让他们有更多的成就感和获得感。

在制度管理上，公司实行360度考核，内部不存在等级观念，上级对员工进行考核，员工同样也要对上级进行考核。公司计划每年拿出20%的纯利润分发到各级各岗，更好地激励员工，最大限度地调动员工的积极性。接下来，企业还会考虑实施产学研结合，每年拿出一部分专项资金资助合作的技工学校，为企业培养和输送相关领域人才，为企业高质量发展助力。

看来，只有26岁的靳成龙却有着超乎年龄的成熟、眼光和坚韧。他坦言，目前还站立在创业的起点，应当说只成功了三分之一，企业未来的发展规划还要一步步实施。他深知创业的过程是辛苦的，但他从来没想到失败，也不能失败，因为全家人的希望都寄托在他的身上。他坚信任何事只要努力付出，肯定会有回报，只不过是回报大小、回报早晚的事。

“我的梦想就是把现有的产业做大、做精、做强，成为行业龙头。在发展企业的同时也要更好地回报社会，进而实现个人的价值。”对于未来，靳成龙雄心勃勃。

"我们这个创业团队高度适配且融洽，

术业有专攻，

都在各自负责的领域里试图做到极致。"

## 姜英姿、李晓东、韩光龙

安徽华创环保设备科技有限公司创始人

届)中国国际铝加工熔铸
l Aluminum Casting Technology F

# 华创组合：
# 追梦路上的铿锵“三人行”

文/马园园　摄影/姜威

古人云：三十而立。字面上不难理解，人到三十就该成家立业了，随之而来的是心态成熟，可以谋划一番未来事业。如今，人们对“三十而立”赋予了更多新的内涵：既要经济独立、人格独立，更要对未来有清晰的判断，明确好自身的目标和方向。

在界首，也有这么一群年轻人，他们不畏惧、不盲从，以技术立身，最终赢得市场尊重和青睐；他们是后浪，在追赶与拼搏的过程中，将环保事业作为毕生追求……姜英姿、李晓东、韩光龙，作为安徽华创环保设备科技有限公司的共同创始人，他们被环保事业连接在了一起，脉冲袋式除尘系统、脱硫脱硝系统、静电除尘系统等产品的研发、生产让

“华创”在市场中拥有了属于自己的名字。

“我们都知道创业可能是一条并不好走的路，所以从第一天起就切断了所有退路，要么成为行业冠军，要么就失败，我们就是要做别人不愿意做的事、做不了的事、有难度的事，这样蹚出来的路就专属于我们，谁都模仿不了。”安徽华创环保设备科技有限公司创始人、总经理姜英姿的创业生涯比旁人都来得早一些，坦途固然好走，但崎岖山路风景更是不同，他愿意去探索无人之境，为事业创出一条新路。

对于“三十而立”到底要立什么，姜英姿深感行胜于言。

## 创业联盟

脉冲袋式除尘器自20世纪50年代问世以来，经国内外广泛使用，在净化含尘气体方面取得了重大进展，由于清灰技术先进，气布比大幅度提高，故具有处理风量大、占地面积小、净化效率高、工作可靠、结构简单、维修量小等特点，除尘效率可以达到99%以上，广泛应用于食品、制药、饲料、冶金、建材、水泥、机械、化工、电力、轻工行业含尘气体的净化与粉尘物料的回收。

随着环保检查力度不断加大，工业企业都在不断增加配套治污设备，姜英姿、李晓东、韩光龙正是看到了其中的商机，于2015年正式踏入环保设备研发生产领域，安徽华创环保设备科技有限公司应运而生。

对于此次携手创业，三人都笑称为“命运般”的合作。

姜英姿是吃过苦的人，早年家中艰难的光景让他早早就承担起养家的重任，十几岁时便开始去修车店当学徒。至今他还记得，每天最艰难的就是推车进推车出，几十辆一字排开的摩托车都需用他彼时并不那么有力的双手一一安放好。“不给别人打工”，这是当了一年学徒后姜英姿默默藏在心底的话，存到钱后他也开了家摩托车修理店，生活自是无忧，但彼时的他还没有能力改变家庭的命运。

偶尔的机会使姜英姿接触到了煤炭贸易，他从运输开始做起，生意场上起起伏伏。2010年前后，他旗下的运输队有60多辆大半挂车，在全国范围内运输煤炭。

在与用煤企业的接触过程中，姜英姿渐渐对这一行有了深入了解，“不仅给客户供应煤炭，还会测算使用多大的锅炉要使用多少煤产生多少热量，会产生多少炉渣，这些在我心中都有一本清账”，姜英姿对此如数家珍。每次与客户沟通之时，他的对答如流都让客户刮目相看，对行业了解的加深也让他有机会进入煤粉加工等领域，对一个行业纵深贯通的体悟也为他后来的创业奠定了坚实的基础。

随着环保要求的不断提升，姜英姿也渐渐感受到经营的压力。未来路在何方？他只有不断探求。

与他一样，彼时的李晓东也在寻求关于“未来”的答案。

法律专业毕业回到家乡界首，李晓东有过彷徨和迷茫。学以致用是他的信念，可是在界首到底能够多大程度地发挥自身优势？他一时难以确定。

偶然机缘之下，姜英姿和李晓东相识，同样对于发展方向的思考和探寻让他们的交流渐渐多了起来。姜英姿并不讳言经营压力，李晓东时不时地还会给他出谋划策。久而久之，一个关于创业的设想在俩人脑中盘旋开来。

在实际生产经营中，姜英姿敏锐地感受到环保行业大有可为，身边越来越多的企业都在上马环保设备，市场潜力不言而喻。李晓东对环保产业的未来也相当看好，俩人一拍即合，决心转型进入环保设备的销售领域。

创业之路不易，身经百战的姜英姿对此早有体会。只是他也没想到，此次创业会在开始就遇到如此多的问题。愈遇挫折愈强大，各种纷至沓来的问题反而激起了他们的斗志。

前几单生意都是从朋友处接来的，非标设备要量身定制，谁料连着三台设备的调试都没有达到理想的状态，加上俩人经验不足，核算成本的时候未把税费加上，损失相当惨重。

“我们复盘过，最大的问题还是设备设计上有问题，当时没有成型的研发团队，这些系统性问题得不到有效的解决和及时反馈，在这一行只做销售公司而无法掌握品控，注定走不远。”姜英姿和李晓东都明白，遇到问题逃避无用，只有正视并找寻对策才是解决问题最好的方法。

韩光龙是姜英姿的发小，是位技术达人，姜英姿游说这位多年的朋友一起创业。他们三人一人拓展市场，一人主攻设备调试，一人负责内控

管理，华创“三剑客”至此集结。

“我们这个创业团队高度适配且融洽，术业有专攻，都在各自负责的领域里试图做到极致。”回望创业之时，姜英姿感慨万千。

## “没把赚钱当第一目标”

有了技术的补充，华创环保攻城略地的速度明显加快，也正是在扩张中，他们越发觉得缺乏底气，“销售不是长久之计，最终要想在这一行长长久久地生存下去，还是得有自己的研发生产”。

2017年，一次赶赴浙江的签单之旅再一次改变了他们的人生轨迹。

姜英姿和李晓东前往浙江签单，好不容易谈完所有细节后，他们兴奋地连夜开车回界首。谁料车还没开出浙江，他们就接到了对方的电话，“你们公司只做销售，没有工厂和足够的技术维护，我们不能给你们‘练手’，这次合作还是算了吧”。

从满怀希望到陷入绝望，不过数个小时。

相顾无言，车内逼仄的空间让人压抑得说不出话来，姜英姿至今都记得他沉默许久后说的第一句话，“我们要把厂子办起来”。

回到界首后，他们俩都没回家，而是直接把车开到公司，韩光龙已等候多时。他们三人开诚布公地交流了彼此的想法，并对彼时存在和未来可能会面临的困难做了反复的探讨，最终都没有过多犹豫，“这个厂必须办起来”。

自此，华创环保落户至界首市西城科技产业园，脉冲袋式除尘器、脱硫脱硝喷淋塔等环保设备都经由这里走向了全国市场。经过多年发展，已成为承集环保设备的研发、制造及销售为一体的综合性科技型企业，拥有国内先进的半自动化生产线3条，已形成年产1000台（套）专用环保设备的生产能力。目前已成功开拓皖、豫、浙、苏、赣、湘、鄂、粤以及越南、马来西亚等国内外市场。

姜英姿以骆驼集团（安徽）再生资源有限公司为例，向笔者介绍了华创环保设备的作用到底何在。据了解，骆驼集团从事铅酸蓄电池、纯铅薄极板电池、动力锂离子电池的研发、生产、销售、回收多年。主要以废铅酸蓄电池为原料，生产工艺复杂，其中碱渣炉尾气温度可达1000℃，需要经水冷烟道降温并连接表冷器，再经布袋除尘器处理。烟气中产生的有机物异味和二噁英等需要多处的活性炭吸附与脱硫系统、脱硝系统来过滤，主要通过酸雾净化塔对酸性气体进行酸碱中和，经酸雾净化塔处理后的洁净气体经引风机由排气筒排空。这套除尘系统一经使用，就有效保障了该公司的环保达标，这样一个又一个的成功案例让他们看到了创业的更大可能。

“我们没把赚钱当第一目标，我们管理团队平均年龄32岁，大家希望能长期发展，行稳方能致远。平时工作的时候我们分工明确，每个人负责自己擅长的领域，有问题一起讨论，最后也只会有一个声音。如果有争议，谁的领域谁决策。”长久的默契和高效决策让华创环保得以稳健持久地发展。

抬头望天，低头做事，交谈之间，他们都觉得此时此刻是创业的最好时机，要拼的就是耐力和专注。

## 走出去抢占国外市场

他们都是土生土长的界首人，对于这片土地上发生的些微变化，他们都能敏锐地察觉到，界首这座城市在巨变中成长，他们也希望有能力助推家乡更好发展。

众所周知，界首市大力引入院士等高端人才，通过“借脑引智”帮

助企业转型，促进战略性新兴产业和技术偏好性较强的产业快速起跳，“院士经济”已成为界首市驱动创新发展的新引擎。在“借脑引智”的召唤下，华创环保也开始加快与高校之间的密切联系，合肥工业大学、中国石油大学等高校的专家学者成为公司的“座上宾”，产学研的交融贯通让他们研发实力大大增强。

加速引进来步伐的同时，华创环保也在不断走出去，以推荐自我，展会成了他们开拓国内国际市场的“杀手锏”。

“各类展会、峰会、论坛，只要和产业相关，我们就会去，我们对这一块每年投入近百万元，但是回报巨大。”姜英姿不愿错过任何一个推荐华创环保的机会。此前他们参与过中国有色金属工业协会再生金属分会举办的行业展会，宁波金钱铜业的工作人员来到他们柜台聊了许久。最终经过十几轮谈判，金钱铜业定下了华创环保作为环保设备供应商，高达390万元的订单也让他们看到积极走出去的价值。

关于未来发展，姜英姿、李晓东和韩光龙目标一致——未来的华创，一是做成一件事，二是做一个产业链，三是要打十年硬仗，去抢占国外市场。

未来只要是行业内采购，只要到界首就可以完成，市场上一提到再生冶炼设备就能想到华创。国内市场趋于稳定，他们希望凭借着华创环保的产品、技术、品质的不断提高，可以有机会抢占高端市场，“此前这些市场被美国、瑞典、德国的公司垄断，我们现在已经初具规模，市场口碑要重新树立，知名度要提升，我们是准备去打仗的”。“三剑客”信心满满。

华创环保已开始布局未来发展，公司将在包括浙江、江西、河南、湖北、广东等省设立办事处，与客户更近距离接触，让客户用产品舒心放心，这条路并不容易，他们也计划用十年甚至更长时间走完。“客户不会操作智能设备，我们要上门指导，我们有数据中心可以集中调整。这套系统是我们自主研发的，利用物联网大数据等技术，设备一旦发生故障，代码将在三秒内把解决方案发送到客户手机上。”

比起技术上的全面提升和服务升级，他们更看重的是人，人才是华创环保未来发展的最大宝库。

“我们求贤若渴，可事实上，想从周边招到合适的CAD制图师都很难，所以我们要谋划得更长远。我们目前正在做贫困大学生的资助和培养，让他们对我们有一定认知，不为别的，只是希望他们未来在择业的时候能多考虑一些华创。”

任何事业都需要人来完成。华创环保每年都有非常丰富的员工培训计划，并试图用股权激励、分红等方式吸引更多人才加入。“很多时候，你就是知道我们的路你也复制不了。复制不了的不是技术，而是团队意识和企业文化。我们不给员工‘画饼’，不给员工承诺，而是为员工赋能。我们愿意花精力和金钱培训员工，不在乎员工会不会跳槽。他们出去得多，我们的路会更宽。某种程度上也在倒逼我们去调整自身管理，充分发挥员工的主动性，只琢磨事，不琢磨老板的心思，营造良好的企业文化氛围。”

以梦为马，不负韶华，姜英姿、李晓东和韩光龙关于华创的梦想还有很多等待实现。

"企业'人'为头，'止'为底，

有'人'方为'企'，

人才是企业发展的根基。"

**梁丽**

安徽瑞琦塑胶科技有限公司总经理

# 梁丽：
# 唯有初心不可辜负

文/储丽 摄影/刘姜

“要用一辈子的时间，去专注一件事、认定一个行业和追逐一个梦想。”采访伊始，安徽瑞琦塑胶科技有限公司（以下简称“瑞琦塑胶公司”）总经理梁丽就开门见山地告诉记者。

热情开朗、坦诚直率、目标清晰、执行力强……梁丽有着北方女性所具备的典型性格特征。从塑料颗粒小作坊起家，到研发高分子改性材料为塑料管道行业提供新材料解决方案，再到成立瑞琦塑胶公司贯通塑料管道行业上下游形成产业闭环……16年来，凭借对环保事业的满腔热爱，梁丽在塑料管道材料产业这个赛道上从未偏航。

随着“十四五”规划提出加快壮大新材料、绿色环保等战略性新兴产业，提出全面实施乡村振兴战略，因地制宜推进农改厕、生活垃圾处理和污水治理，改善农村人居环境；2021年《政府工作报告》提出扎实做好碳达峰、碳中和各项工作以及新固废法的实施等一系列政策利好的出台，环保产业将进入高速发展期，塑料管道行业也将迎新来的发展契机。

梁丽认为，积极响应国家环保政策，助力推进乡村振兴战略是企业的责任与义务。如今，乘着政策东风，瑞琦塑胶公司驶入高速发展的快车道，产品覆盖全国，业绩逐年翻番，成为一家集研发、生产、销售、安装及工程技术等服务于一体的城市管网专业制造商。

“以匠心致初心，希望用十年时间冲刺百亿企业的目标，以优良的高分子改性材料和塑料管道为国家环保事业和乡村振兴战略贡献自己的力量。”对于未来，向来规划先行的她已然成竹在胸。

## 一辈子，只做一件事

对于梁丽而言，2005年是人生的一个重要分水岭。

那一年，23岁的她成家。在那个“身边人做什么，我就做什么的”年代，梁丽并没有被一种所谓的规矩或框架所约束，没有慢慢地变成“大多数”，而是琢磨着成家之后如何“立业”。

那年7月，恰逢国务院发布《关于加快发展循环经济的若干意见》，一时间“循环经济”成为当年热词。如果以图形为例，循环经济是一个美丽的“圆”，以经济和社会效益为圆心，圆弧的起点是资源，依次划过产品、废弃物、废弃物综合利用，最后回到再生资源的终点……这是彼时对于循环经济非常形象的一个比喻。

实际上，循环经济在界首并不是新鲜事物。自20世纪80年代起，乘改革开放的春风，当地老百姓迫于生计，就到外地走街串巷收废品，并慢慢发展成为当地的一个重要产业。

“做废品回收，发展循环经济。”风口之上，埋藏在心底许久的创业种子终于破土发芽，梁丽“押”上全部身家——8000元彩礼钱，做起了废品回收的生意。

在激烈的市场竞争中，头脑灵活的梁丽很快就发现，如果将废旧塑料进行粗加工做成塑料颗粒后，价格就能翻倍。

她决定试一试。成立小作坊、置办粉碎机和造粒机、请工人……一个简单的家庭作坊式工厂很快就开张了。娃哈哈牛奶瓶等废旧塑料制品经过加工变为塑料颗粒后，摇身一变成为安徽宁国的箱包厂、浙江永康的鞋楦厂的上游原材料。“第一年就净赚近30万元。”梁丽第一次尝到了“变废为宝”带来的甜头。

有了人生的第一桶金，租地、建厂房、成立公司……2010年，梁丽成立了界首奥胜达塑业有限公司，产品线从过去单一的塑料颗粒延伸至研发高分子改性材料，并进驻界首市北城科技园，开始了专业化、规模化发展之路。

“从一开始的箱包、鞋楦，再到后来的木塑、管道行业。”随着市场的发展，梁丽所接触的下游行业也在不断地延伸和变化。但不变的是她对风口的感知与判断能力。她总能以前瞻性的眼光紧跟国家政策发展趋势，踩在时代发展的节点上；同时她又以敏锐的触觉感知着市场的每一个变化，以战略的眼光应对市场，进而抢占发展先机。

近年来，随着我国城镇化进程的加快，塑料管道与水泥管等传统管道相比，具有节能节材、环保、轻质高强、耐腐蚀、内壁光滑不结垢、施工和维修简便、使用寿命长等优点，在建筑工程、市政工程、水利工程、农业和工业等领域得到了大力推广，产业发展迅速。

2017年6月，梁丽看中管道行业的发展前景及其符合当今世界“节能减排”“循环经济”“低碳经济”等经济发展趋势，顺势发起瑞琦塑胶公司的建设，“从主营业务高分子改性材料入手，贯通塑料颗粒、高性能管材及塑料制品，从产业最前端到最末端，形成完整的产业闭环”。

梁丽透露，瑞琦塑胶公司规划占地450余亩，厂房、办公楼17.7万平方米，设备40余条生产线，项目分三期建设，一期建设用地75亩，二期建设用地203亩，三期建设用地173亩。“全部建成投产后，将形成年产25万吨高性能改性颗粒、15万吨再生高性能管材及塑料制品、5万吨瓶片的生产能力。”

经过两年多的不懈努力，瑞琦塑胶公司的全产业链经营模式已见成效，业绩逐年翻番，为股东、为社会交上了一份满意的答卷。

## 立行业风口，追百亿梦想

创业16载，梁丽的目标只有一个：“用十年时间，成为塑料管道行业的百亿级企业。”

这样的底气既来自企业自身的核心竞争力，又来自对行业前景的看好及对政策趋势的把握。

如何在一个竞争激烈且产品同质化严重的塑料管道行业中提升自己的竞争力？梁丽认为，近二十载的行业经验积淀、全产业链打通的整合优势以及高端技术加持的科研实力为瑞琦筑起了牢固的护城河。

梁丽介绍，塑料管道产品存在一定的运输半径限制，一般辐射范围在500千米以内，超过这个范围，运费占销售额的比例通常较高。故而

大部分管道企业以辐射生产基地周边市场为主，一定程度上制约了企业的发展。“瑞琦塑胶公司通过打通产业链扩大利润空间，并将部分纯利润用于产品研发和扩大产品辐射范围，通过科技创新和突破运输半径限制使公司实现规模化发展。”

在产品研发创新方面，瑞琦塑胶公司在界首高新区管委会的协助下，与四川大学高分子科学与工程学院达成战略合作，成立产品研发中心。目前拥有以徐家壮博士为首、6名固定科研人员组成的人才团队；与此同时，还拥有授权专利11项，发明专利2项，待授权专利10余项。

而在产品销售范围上，瑞琦塑胶公司已经突破500千米的运输半径，产品遍及全国。梁丽告诉记者，目前，安徽瑞琦分别在华北地区（北京、大同）、华东地区（南京、厦门）、西南地区（重庆、贵阳）、西北地区（西安、乌鲁木齐）组建办事处开展销售工作，基本形成面向全国的销售网络，“由于高性能改性塑料颗粒优势明显，公司单独在上海成立海外销售办事处，积极开拓国际市场”。

近年来，随着城市建设速度的加快，海绵城市建设、城市地下管网建设、水利系统工程建设、水污染防治工程建设等项目为塑料管道行业发展带来难得的机遇。中泰证券研究所2020年8月发布的《塑料管道行业深度报告》显示，2020年塑料管道行业市场需求达 3600亿元，增长8%，市场前景广阔。

“随着‘十四五’规划提出加快壮大新材料、绿色环保、新能源汽车、高端装备等战略性新兴产业，提出全面实施乡村振兴战略；今年国务院《政府工作报告》提出扎实做好碳达峰、碳中和各项工作以及新固废法的实施等一系列政策利好的出台，环保产业将进入高速发展期，而塑料管道行业也将迎来新一轮发展契机。

“这是一个朝阳产业，相信在利好政策的护航和优质产品的加持下，瑞琦塑胶公司的百亿目标指日可待。”对于未来，梁丽信心满满。

## 创业虽苦，却乐在其中

忙，是梁丽的生活常态。

“越忙就越考验一个人的规划能力。”梁丽有个习惯，每天晚上九点半准时睡觉，早上五点半起床，即便琐事缠身，每天中午也保持午睡习惯。“只要吃好、睡好，才能工作好。”

作为一个目标感很强的人，梁丽认为，“百亿企业”的目标绝非空喊口号，而是落实在每一个在计划的时间节点上完成的小目标上。在企业经营管理上，梁丽推行稻盛和夫的“阿米巴”模式，通过树立明确目标来激发每一位员工的活力。在她随身携带的记事本上，条例清晰地记载着公司的计划，时间节点从每月、每年、每五年再到每十年，任务目标甚至细化到每一项产品、每一位员工和每一家客户。而梁丽不仅是公司战略的制定者，也是细节的执行者，始终以榜样的力量激励团队奋力前行。

“企业‘人’为头，‘止’为底，有‘人’方为‘企’，人才是企业发展的

根基。”梁丽坚信，人才管理的关键在于让员工对企业有认同感，有“主人翁”精神，付出与回报能成正比。

在公司，她制定了一系列股权激励措施，拿出25%的股份设立员工持股平台，对表现优秀的员工给予股份激励，增加员工的归属感，培养员工的主人翁精神，“只有将企业与个人深度融合，形成利益共同体、责任共同体和命运共同体，实现‘你中有我，我中有你’，团队才能凝心聚力，企业才能实现可持续发展。”

积极乐观、百折不挠、吃苦耐劳……梁丽的身上有着一种韧劲，有着一种迎难而上的拼搏精神。

创业初期，为保护辛苦而来的塑料颗粒不丢失，梁丽曾和丈夫在小作坊外面露宿了两个春秋。寒冬时节，由简易塑料布搭成的“屋”外下着鹅毛大雪，而“屋”内由热气凝结的水珠沿着塑料布滴答而下，冻得两人牙齿打战；酷暑时节，梁丽与弟弟充当“人力车”，背着25公斤重的塑料颗粒在温州箱包厂“走街串巷”推销产品，被拒之门外、被烂账……

“往前看，不回头。”对于辛酸往事，梁丽一句轻柔的话语，看似轻描淡写，其实内心的那种澎湃，无时无刻提醒她不要退缩。从创业的那一刻起，她就没有觉得自己有什么与众不同，唯有坚持，创业的路上再怎样坎坷、怎样崎岖，也一定能够成功。

“有梦想，就去追。”谈及成绩，梁丽腼腆一笑，认为自己并没有多少值得炫耀的高光时刻，“但从无到有，每天都有进步就已知足。”对于她而言，公司犹如自己养大的孩子，每天来到公司，看到每一件产品，每一砖、每一瓦，每一草、每一木，就觉得安心又踏实。

而她自己，就像扎根家乡田野中默默生长的那些花果草木一样，在寒来暑往和四季更迭中，不断地吸收、成长，最终才成为如今的她——一个目标明确、勇于创新的时代新徽商；一位恰如少年，在逐梦的海洋中，乘风破浪的时代女性。

“人活一辈子，

说长挺长的，说短也挺短的，

就想做点有意义、有价值的事儿，

按照自己的想法做点实事儿、好事儿。”

**刘大卫**

界首市聚丰家庭农场创始人

# 刘大卫：
# 为了大地的丰收

文/于昕 摄影/姜威

皖北的冬日，大地披上了冷色调。百花凋落，一棵棵树木掉光了叶子，不动声色地看着原本的熙攘变得冷清。但是走进界首市聚丰农场细细一瞧，黄金槐已经开始袒露枝丫，鸟儿在林间叽叽喳喳地诉说着开心事，满目萧瑟的背后却蕴藏着无限的生机。

创业的路上，浸满了失败者的辛酸泪，当然也有众多经受了万般磨难的幸存者和成功者，刘大卫就是其中一个幸运而又成功的创业者。毕业于北京师范大学的他，走出校门后便在北京从事有机农业项目研究工作，2012年返乡创业，在当地政府的帮助下，流转了1000多亩土地进行有机农业生产，主要从事粮食生产、销售和牛羊养殖、销售等。2013年，中央一号文件首次提出“家庭农场”的概念，他积极参与其中，经过界首市相关部门的审批，“界首市聚丰家庭农场”终于在刘大卫的手中诞生，也成为阜阳市首家持证的农场。

三百六十行，行行出状元。作为新型农场的负责人，刘大卫望着千亩农场不禁感慨道：“万事开头难，现在的农场有序发展，再也不像一开始那么艰难了。”想起自己刚刚创业的时候，各种问题接踵而至，不仅让自己手忙脚乱，好几次更是差点动了放弃的念头。每每说起自己的创业路，刘大卫总是唏嘘不已。

## 根植于土　寄情于农

刘大卫在北京求学时，有位亲戚在首都创立了一家有机农业公司。课余时间，刘大卫经常到亲戚办的公司“串门”，“那时他们在做有机桃的研究工作，经常到北京平谷的罗营镇，我也好奇地跟着学”。平谷是亚洲最大的桃生产基地，当时他跟着一起了解了桃的有机转换，正是这个契机，让刘大卫接触了现代农业并产生了浓厚的兴趣。

在农场里，这位亲戚认真负责，对于有机农业的发展十分上心，也赢得了业界人士的尊敬。这一切都被刘大卫看在眼里，记在心里。也许是受这种可贵可敬的创业精神感染，以及自身对学习农业技术知识的渴望，他此时便在心底偷偷描绘起未来的蓝图。

让刘大卫对创业产生浓厚兴趣的当然还有家庭因素。“我的父亲是村里大队书记，在大队书记这个岗位上一干就是30年。”同时他的父亲

也在创业路上一直前行，“家里做过水电厂，后来还开过窑厂，做过酒厂、塑料生意、酒店浴池，涉及的领域非常广泛”。正是在这样的家庭环境成长下，刘大卫喜欢探索、闯荡，排斥四平八稳的生活。父亲曾教育过刘大卫，学习是为了更好地建设家乡，而不是为了跳出这个贫困的家乡。这样的理念一直在刘大卫的心底扎根，在父辈的熏陶下，耳濡目染的刘大卫下定决心用自己所学的知识回报家乡，用他自己的话来说，就是“人活一辈子，说长挺长的，说短也挺短的，就想做点有意义、有价值的事儿，按照自己的想法做点实事儿、好事儿。一方面是给祖国的乡村发展事业带来一个更好的环境，利用家乡的资源从事农业方面的工作，建立现代化农业体系，把高科技带入农户的生产生活中；另一方面是把自己这几年在北京学到的农业知识带回家乡，推动家乡的发展建设”。

环境造就人。家庭因素促使刘大卫成了一个注定要创业的人。

大学毕业后，刘大卫在北京一家农业公司待了两年，经过学习实践，他下定决心要把学到的农业知识尽快带回家乡，为改变传统的“面朝黄土背朝天”的农耕模式贡献一份心力。

## 心之所向　披荆斩棘

刘大卫在北京时，也曾有过留下来发展家庭农业而后再反哺家乡的念头。而在经过实际走访调查后发现，想要在首都做家庭农场，租地就是一大难题。

2012年，一场土地经营方式的变革，在界首迅速拉开帷幕。界首市相继出台《农村土地流转奖补资金使用和评审办法》等6份文件，搭建了土地流转的政策体系。

2011年底，返乡过年的刘大卫恰好听到了土地流转的消息，于是便扎根故土，开始筹办家庭农场。“一开始什么都摸不着头脑，流转了1000亩土地用于家庭农场的建设。但是，那里家庭农场的雏形还没有，也缺少一个具体规划。”

刚刚接手1000亩土地开始从事现代化农业的刘大卫，不得不面对生活给他的当头一棒，首先面对的就是启动资金的问题。虽然父亲做生意有点积蓄，也从亲戚朋友手中借了三四十万元，可依旧是杯水车薪。好在界首团市委及时协调政府相关部门，给予刘大卫贴息贷款60万元，并且推荐他参加界首市青年扶贫创业大赛及相关培训，及时为他在农场的未来规划上指明了清晰的方向。

生活从来都不可能一帆风顺，好不容易解决了资金的问题，刚刚把小麦、玉米种上，又接连在农场工作过程中遇到了无数个棘手的问题。

“由于资金和技术限制，一开始1000多亩地全部都是种植玉米和小麦。”这使刘大卫的心天天悬着，“就怕突然变天，否则这么多农作物难以及时收割”。这种种植模式不仅让农场的发展受到了严重制约，而且农作物的收成过分依赖天气。小麦收上来后，因为水分过多，不能第一时间入仓，这又让刘大卫担忧得好几天吃不下饭。面对这么大一摊子的投资，没有相应基础设施设备，没有优质专业的人才储备，还要面对复杂的天气考验，一切的一切都成了压在刘大卫身上的一块巨石，而这些困难，他从未曾跟任何人提起，只能自己来扛。一头扎进工作中的刘大卫，吃住都在农场，粮食收割、堆放、晾晒，每天忙得脚不沾地。

由于没有烘干塔的处理设备，第一年收上来的小麦只能靠人工晾晒。费时费力不说，还难以找到场地。刘大卫急中生智，看上了刚刚起步且人流量还不大的经济开发区内的道路。经过一番苦心协调，人家才同意进行晾晒。玉米收割时也要脱粒晾晒，因不好储存且容易变质，遇到雨天更易发芽产生霉变。由于资金不够，他在第一年只能与农机服务站合作租用机器。机械化跟不上的时候，就只有耗费很多人力。所以他选择晒一部分卖一部分，这个过程持续了两个月才算完全结束，这也成为

困扰他的一大难题。

从播种、打药到收割作物，事务极为烦琐。而对于刘大卫来说，最重要而又最困难的农事就是灌溉。农场面积庞大，却少井缺电，若要全方位地灌溉，成本很高。于是，他便尝试在农田边挖井，但要向农庄的灌溉工程中投入几万元，而这些投入是无法立刻就得到回报的。他只有不断地安慰自己，做什么都不容易，重要的是坚持。

只要思想不滑坡，办法总比困难多。无数的坎坷没有吓倒、压倒和难倒刘大卫，反而使他愈挫愈勇。

2013年，农场开始不断地进行优化调整。刘大卫购入了一部分收割机械，得到了政府的及时补贴，“当时，像收割机类的机械就补助了十多万元，前前后后一算，大约补贴了三四十万元”。有了政府补贴及贷款的支持，刘大卫不断创造着前进的内生动力。近年来，他遇上了许多燃眉之急，每次都幸亏得到了政府的贷款支持，让刘大卫走出了困境。在提到政府为其农场建设所提供的支持时，刘大卫感激地说，正是界首市领导牵线才有了他的第一个客户。当时他去山东考察，与做良种繁育的丰旭粮食购销有限公司建立了合作关系。刘大卫也拿到了创业以来的第一桶金，大约50万元。在这次合作中，刘大卫受到了极大的鼓舞，更为坚定地认为自己选择的这条路可以永远走下去。

在经历了两年发展后，刘大卫开始对农场进行精细的种植结构调整。“那时在想法上发生了改变，想要多元化发展，便开始种一些经济作物。地刚租下来时，方方面面条件都还不完善，调整之后就种植了200多亩辣椒、300多亩风景树、200多亩果树。自此之后，种植结构每年都在调整，再也不把鸡蛋放在同一个篮子里了。”

天有不测风云。由于错误地预估经济作物的价格，刘大卫又跌了个大跟头。“在种植辣椒之前，我就做了市场调研，那时辣椒价格正走俏，一斤能卖一块多，可是到了收获时，辣椒的价格却跌到了几毛钱一斤。”经过了这次打击，刘大卫更加看中了景观树稳定的发展前景，认为景观树是绿色银行，将几年来农场挣来的200多万元全部投进去，将种植结构逐渐向景观树转移。

在2016年和2017年时，刘大卫用小麦玉米秸秆作饲料发展养殖业、用牲畜粪便作肥料发展种植业，通过采用先进技术来发展现代有机农业。不仅如此，他还依托1000余亩的现代化农场尝试观光农业，充分利用农场的自然景观，发展樱花赏花活动、果园采摘活动、农家乐体验活动等相关项目，全面实现现代化农业生产的生态链结构搭建。此举不仅满足了大众日益增长的文化需求，也丰富了百姓们的生活，更是把城市发展和乡村旅游有机地结合起来，为打造新型特色乡村奠定了基础。

## 脚踏土地　心系家园

“目前，地里80%都是景观树。”刘大卫坚持认为，当下农场发展的重中之重还是景观树，必须要将这条路走稳、走实、走好。目前，聚丰农场的槐树、樱花树、大叶女贞树等风景树可谓美不胜收。

刘大卫深感农场的成功与政府的支持密不可分。“界首市委、市政府对于家庭农场的发展出台了多项政策，为我们农场的发展创造和提供了一个良好的大环境。”相关资料显示，界首市土地流转率高达80%，位居安徽省第一位。不仅如此，政府还有着优质的配套服务。政府部门对产业规划十分清晰，有着极大的扶持力度。从建立基础设施到水电路、灌溉设备等都由政府统一采购。因此，没有政府的支持，农场很难发展得如此优质。受此鼓舞，刘大卫也在不断地学习，力争运用新的科学技术改变传统农业，使传统农业转变为现代农业。

关于未来农业的规划，面对如火如荼的生态文明建设和满目的景观树，刘大卫瞄准了“绿化工程”这一项目，并透露目前正在积极洽谈中，以后很可能朝着这个方向深度挖掘。

实现高质量发展，离不开专业技术人才，现代化农业作为土地资源和生态环境平衡的产品平台，对于农业生产与管理人才的要求更高，所以更为迫切地需要引进高素质人才，以此带动当地村民的培训和学习。只有造就一批本土的高素质农业人才，才能促进家乡的快速发展。所以，在专业技术人才的培养和吸纳方面，刘大卫也花费了不少心血。

经过几年的探索与发展，刘大卫的家庭农场已是初具规模。农场农忙时节聘用了30余名农民，每人每年可直接增加收入6000元，高峰时有100多名农民排着队前来找工作，不仅使土地资源合理性优化，还能带动周边的农民兄弟靠劳动致富。相关资料显示，通过1000多亩土地的流转，有效释放和运用了700多名青壮年劳动力资源，让他们常年在企业务工，实现间接增收2100万元，达到了共同发展的目标。

目前的农场发展前景广阔，刘大卫不仅积极带动周边村民从事现代农业种植、养殖，还无私地为乡里乡亲提供技术等多方面的支持和力所能及的帮助。此外，刘大卫积极响应和落实中央提出的扶贫号召，不仅给予贫困户每年一亩地800元租金，年底还有分红。为此，刘大卫被光荣地评为“全省农村青年致富带头人”，聚丰家庭农场也同时荣膺“安徽省示范家庭农场”称号。

"读书能改变心境，

可以打破固有的思维，

甚至能改变你的命运。"

**刘磊**

安徽嘉明新材料科技有限公司总经理

# 刘磊：
# 领先的不止是产品

文/孙书文　摄影/姜威

天蓝色衬衫、藏青色西装西裤，脸上架着一副黑框眼镜，说话声音温和、语调沉稳，谈吐表达像实验室里的仪器般精准、严谨，这是安徽嘉明新材料科技有限公司总经理刘磊给人留下的第一印象。

刘磊，是名副其实的“别人家的孩子”。

2003年，刘磊以阜阳市阜南县理科高考状元的成绩，被清华大学机械制造与自动化专业录取，原本“3+2”本硕连读，他仅花了四年时间就取得了本科和硕士学位。

这只是他精彩人生的开始。

毕业后，刘磊进入中国工程机械行业领军企业徐工集团工作；

2008年，跳槽到嘉兴一家轮胎上市公司担任技术工程师。八年后，刘磊已经是公司副总经理，年薪过百万元。

原本刘磊可以继续过着“朝九晚五”的模式化生活，捧着令人羡慕的“金饭碗”，他却毅然放弃了这些，走上了一条充满挑战的创业路。

“我不到30岁就年薪百万元，对财富看得没那么重。做高管时，收入高不累心，创业后，每天睁开眼就有很多问题等着你。但创业不是为了赚多少钱，而是想实现人生价值。”刘磊说。

野心永远是成功的催化剂。

2016年，刘磊回到界首市创立安徽嘉明新材料科技有限公司。两年后，公司年销售额已达1亿元。

目前，公司团队掌握了国内最先进、国际领先的再生PET生产高强丝、多功能绿色TPU/PET复合织物材料智能在线贴合的技术和工艺。申请相关发明专利80多项，授权发明专利13项，实用新型专利17项，荣获国家级新产品2项，省级新产品5项,省级科技成果22项，省级技术发明奖二等奖1项。

## 清华学霸创业：我们做的产品市场上没有

在安徽嘉明新材料科技有限公司，机器轰鸣。废旧的矿泉水瓶经过一道道工序后，摇身一变成了新型防水复合面料，然后这些面料被制作成卡车篷布、帐篷、汽车内饰、安全气囊、皮划艇、军用油囊、水囊以及能让军事设备隐形的军用物资等产品。成立4年多，嘉明新材料一步步攻克新型材料的技术壁垒，开拓了“废旧矿泉水瓶变废为宝”的千亿级市场。

界首高新区有5个特色产业园，其中光武科技园和北城科技园均以废旧塑料循环利用为主导产业。多年来，再生塑料产业实现了由废旧塑料到注塑制品、化纤产品、塑胶管材的美丽蝶变，已经成为全国最大再生塑料改性颗粒生产基地、产业链最长的再生化纤基地。

当初选择到界首创业，刘磊正是看中了界首市在循环资源利用产业方面的发展基础和良好势头。

2016年，刘磊在一个论坛上偶遇世界500强织造企业的一名工程师，因两人同为阜阳人，所以一见如故就成了好友，一个懂技术，一个懂市场，一拍即合约定回乡创业。

优秀的人与普通的人最大的区别，就是优秀的人行事果断且能抓住稍纵即逝的机会。

刘磊明白，犹豫不决只会无谓地消耗人的时间和精力，并让人失去信心。

2016年，刘磊和朋友果断放弃高薪，目光瞄准了潜力无限的高级复合面料。

俩人调研之后，决定到再生塑料产业成熟的界首创业，主要生产织带和工业用布。2017年，公司年销售额达7000多万元，同年筹备建厂。2018年6月工厂建成，8月正式投产，年销售额达1.1亿元。

创业本来很顺利，可惜的是刘磊的搭档受老东家的召唤，回去担任了要职。

“我们合作非常愉快，只要他能想到的产品，我就想办法造出生产这种产品的机器。他走的时候，股份什么的都没要，比起老东家给予他的，我们俩做起来的‘盘子’微不足道。”现在提起这位好友，刘磊还心存感激之情。他带来的成熟技术和市场，让对新材料行业完全陌生的新手刘磊少走了很多弯路，可谓是刘磊创业路上的贵人。

创业伙伴的半途改道，算是刘磊创业路上的小插曲，这并没有打乱刘磊前行的步伐。

一个人带来一群人，一个学霸带来一群学霸。

刘磊请来了两位学术“大神”，清华大学化工系高分子研究所教授高彦芳和安徽大学化学化工学院教授杨建军，两位教授更是带来了清华大学、中国科技大学、安徽大学的10余名博士和硕士，共同组成嘉明新材料的核心技术团队。

据华安证券2021年1月发布的《绿色环保的TPU材料正向高端化发展》行业报告介绍，作为有望替代 PVC、橡胶、EVA、硅胶等传统材料的新型环保材料，TPU受到国家政策的重点关注与扶持，TPU被列入《战略性新兴产业分类（2018）》重点产品和服务目录。从产业生命周期来看，国内的TPU行业正处于成长期，市场前景广阔。预计2020年我国TPU产量将达到60万吨以上，占全球TPU产量的三分之一以上。

正是看中TPU是高分子新材料行业中的朝阳产业，符合循环经济和可持续发展的要求，是未来新材料的主要发展方向之一，刘磊带领核心技术团队全力投入到新型环保高分子材料的研究中，最后结出喜人硕果。

嘉明

TPU新材料

公司与杨建军教授合作完成的“多功能绿色热塑性聚氨酯（TPU）/聚酯（PET）复合织物材料关键技术研发”获得2019年度安徽省科学技术奖技术发明奖二等奖。

项目研发出耐老化、耐磨、防寒隔热、气密性好、耐寒、阻燃、隐形的多功能绿色TPU/PET复合织物材料，性能指标优于国内外同类产品，部分性能高于欧盟标准，整体技术达到国内领先水平。

“同类产品可能我们卖得贵，人家卖得很便宜，但顾客还是愿意买我们的，因为我们的产品质量过硬，看品相就是高档的，其他厂的产品一看就像高仿的。”

企业增效的点子和算盘应该打在开发高附加值的产品上，而不应该用在打价格战上。这就是刘磊在市场运营中的心得，也是他始终坚守的经营理念。

“我们做的系列产品市场还真没有，比如卡车篷布，全国只有我们家在做TPU材质的，其他公司做的都是PVC等材质，只有我们解决了设备和配方问题，其他家做的话，成本会很高。”

刘磊所言的设备正是嘉明新材料的智能TPU淋膜贴合装置，它也是嘉明新材料的专利技术，一种智能在线贴合技术，融合了以往预处理机、淋膜机、贴合机三种机械的三道工序，改进后的机械能一次成型，大幅提高产品的性能，降低成本。

虽然说起来很简单其实难度不小，但差之毫厘谬以千里，嘉明新材料通过反复试验、测试、改良，才解决了技术难题。

目前，嘉明新材料已发展成为国家高新技术企业、国家知识产权优势企业、国家知识产权贯标企业、国家科技型中小企业、国家两化融合企业，主导或参与制定企业标准5项，并建立多功能绿色TPU/PET复合织物材料工程技术研究中心等研发平台。

## 创业者拓业：低调做人，谨慎做事

有人说，创业就像是买下一张永久车票，登上一列永无终点的火车，不是想停就能停的。

然而创业难，守业更难，拓业比登天还难。

如何拓业这是刘磊现在常常思考的问题。“当盘子越做越大，肯定只能往上攀，但想持续增长太难，成功本来就很偶然。”

“有一群人跟着你干，身家性命系于你一身，你不得不谨慎”，刘磊坦言，创业以后最大的变化，就是心态。

创办企业以后，刘磊再也不是当初那个心高气傲的少年学霸，“现在姿态放得很低，更多的是换位思考，弄明白问题的关键点在哪儿，试着去理解这个世界的参差吧”。创业与打工角色的转换，以及工作环境的转变，都让刘磊不得不调整做事的方式。

资金实力有限、风险抵御能力偏弱等因素本就是中小企业的软肋。近两年，又遭遇两只“黑天鹅”，中美贸易摩擦靴子未落，新冠肺炎疫情让中小企业负重前行。

由嘉明新材料出口、用来制作广告材料和高档雨伞布的复合多功能布料，很受欧美市场的欢迎，年出口额约占公司销售额的40%。“我们公

司生产的TPU布料苯类含量检测是零，拿到鼻子上都闻不到任何气味，还耐油污，用途很广。所以虽然产品价格高，但物有所值，欧美市场愿意买单。”

不料，2019年中美贸易发生摩擦，嘉明新材料出口量大幅下降，2019年出口量仅占10%左右。无奈之下，刘磊开始另找别的出路，转而针对国内市场生产篷布。虽然2019年公司销售额仍然达到了1.24亿元，但是刘磊还是深切感受到了做生意的艰辛。

刘磊认为，创业要步步为营，脚踏实地一步步走，从公司的组织架构到战略目标的确定、市场的研判，再到产品的研发和打磨、财务精确

的预测和各种融资工具的使用，每一个环节都不能出错。

公司正在建设的纺丝生产线，已经投入800万元，但刘磊考虑现金流以及各种不确定因素，并没有贸然追加投资，并且不断研发TPU养殖布等新产品，开拓军民融合等销售渠道。

“小企业只能先生存后发展，一条路走不通，赶紧换一条路，慢一步可能就面临生死存亡。”刘磊感慨道。

西方不亮东方亮，没想到李磊的这次转型调整，反而抓住了不期而至的新机遇。

2020年6月，国家开放摆地摊政策，全国各地居民开始规范有序地摆摊卖货。一夜之间，火的不光是“地摊经济”，还有地摊帐篷，帐篷布的需求量激增。

“一下子放开之后，没想到篷布需求量这么大。”刘磊说。

2020年公司销售额1.5亿元，其中篷布的销售额约有1亿元。

企业想要发展壮大，离不开技术创新和研发投入，但科技型中小企业普遍存在资金匮乏、研发能力薄弱、创新资源缺乏等问题。2018年，阜阳市开始推出普惠制的科技创新券政策，“科技创新券”是专门为经济实力不足、创新资源缺乏的企业和创新创业团队服务的，嘉明新材料正是这项政策的受益者。

“政府推出的新政策，帮助我们购买到了科技成果和研发仪器设备，仅此一项当年就为企业创收7000多万元。”刘磊说。

受惠此项政策，嘉明新材料购买了科技成果和研发仪器设备，企业不断研发新型耐磨材料产品，快速成长为高新技术企业，同时成为拥有核心专利技术的知识产权示范企业。阜阳市政府对高新技术企业的扶持，让嘉明新材料如虎添翼。

2020年10月，工业和信息化部公布了第五批绿色制造名单，包括安徽嘉明新材料科技有限公司的耐火TPU帐篷布在内的5家企业7项产品入选绿色设计产品名单。

2020年8月，安徽省发改委公示安徽省工程研究中心（工程实验室）当年评审结果，全省共新认定工程研究中心（工程实验室）45家，其中包括嘉明新材料“安徽省多功能绿色TPU/PET复合织物材料工程研究中心”。

2019年，刘磊被认定为安徽省第八批战略性新兴产业技术领军人才，他的团队被认定为安徽省“115”产业创新团队；2020年，刘磊入选国家“万人计划”青年拔尖人才、国家创新人才推进计划。

2020年12月9日，在界首市委、市政府的倡议下，百余位界首优秀青年创业者们齐聚一堂，召开界首市青年创业者协会第一次会员大会，大会审议通过了协会章程，选举产生了协会第一届理事会成员，刘磊当选为协会首任会长。在协会筹备阶段，刘磊积极协助界首团市委参与筹备工作，未来将自己的创业经验分享给更多需要帮助的青年创业者。

业余时间，刘磊最爱看书。管理、历史、文学书籍无不涉及，家有藏书约2万册。

“读书能改变心境，可以打破固有的思维，甚至能改变你的命运。社会中有些人浮躁，而个别人难以做到自知之明，总是自我感觉良好，我认为这种人还是读书太少了。”

“我曾走过那么苦的路，

但是也曾尝过这份事业的甜。”

# 刘强

界首市海德龙渔具有限公司总经理

# 刘强：
# 瞅准行情钓大鱼

文/戚飞　摄影/刘姜

后疫情时代的刘强，变得越来越忙碌，忙着照顾家庭，更忙着海德龙渔具的事业。

快手和抖音里的刘强也没闲着，时而出现在阜阳某个生态园的水塘边，时而在全国各地水库中，时而出海钓鱼……视频里的他化身“强哥”，在每一处合适的水域，对产品进行实战型测试，又尽情享受着路亚这项运动。

## 成为路亚源头工厂的强者

临近年关，刘强的行程安排得越来越满，难得回界首几天，他几乎也是在自家的测试基地边待着。

前面院子是海德龙渔具的一个厂区，工人在生产线上为刚刚生产出来的路亚假饵涂装上色。推开一道硕大的铁门，里面却别有洞天。一个占地约50亩的大型水塘映入眼帘，沿着层层台阶走下去，码头边上居然停放着一艘破旧的渔船，让人一头雾水。原来，这里是刘强打造的路亚假饵测试基地，也是为更多钓友打造的“强者路亚基地”，在界首乃至阜阳区域，已是小有名气。

在厂区，刘强既可以对产品进行现场测试，又能享受到作为一名路亚钓友的“优待”，只要站在水边，“强哥”似乎就秒变成路亚的强者。

他熟稔地将鱼竿往肩后一仰，然后迅速向前方抛投出去，竿稍下悬挂的是自家的“狂飙铁板”，在空中划出低矮的抛物线，然后轻轻落入80米外的水中，犹如跃入水中的旗鱼，利落干脆的动作甚至不会带起明显的水花。

收线、晃竿，收线、晃竿，这看似简单重复的动作，能使人造的假饵在水下模拟出近乎活物、无比真实的运动姿态。

感受到PE线突如其来的绷紧，瞬间的拉力让鱼竿竿稍也弯出了明显的弧度。

“中鱼！”

然后是遵循着节奏地收线，一条3斤多的翘嘴无奈地被拉出了水

面。这一切，旁观者看着过瘾，同样也是路亚人最大的快乐所在。

这方池塘，原本还单纯地作为刘强体验自家产品特性的试验基地，如今在他的规划中，则有了更加丰富立体的构想。

“疫情之后，让我们考虑到了传统销售模式的风险，因此开始尝试主动拥抱直播带货”，而这里，就成了“强哥路亚”快手号、抖音号里视频素材创作的源泉。

无论是开直播，还是根据当天钓况剪辑而成的视频，在评论区里都受到了全国钓友们的追捧。钓友圈里的人都有深刻体会，中鱼的快

感、晒鱼获得的自豪，都能够深深刺激着每一个热爱这项运动的粉丝的心弦。

“狂飙铁板，来看看今天的效果！”

“狂猎大摆锤虾，就是这样的自信！”

早年便通过拥抱互联网尝到了甜头的刘强，如今通过直播带货，成功将自家产品深深烙刻在潜在消费者的心中。

又有谁能想到，就是这样一位有着多维营销手段的年轻创业者，曾经为了推销自家的产品，拉着手推车、扒着绿皮车，从浙江到福建，一个地方接着一个地方去钓鱼。钓鱼不是为了休闲，而是路演给当地渔具店的老板们，让他们了解并记住一个概念，这种运动叫作路亚。

## 房产精英的转型

很难想象，如今在渔具行业如鱼得水、皮肤黝黑的汉子，曾经是国内最早一代的房产精英。

2006年，刘强在广东一家知名房地产开发企业从事营销和管理工作。得益于年轻的干劲和拼搏的精神，刘强在公司中颇受器重，后来得到了外派山东临沂的机会。

当时，他所在的房地产开发企业正在山东临沂开拓市场，所开发的第一个项目即是当地首个高端社区楼盘。“作为深圳的房企，将先进的开发理念带入山东市场，顺理成章成了当地的标杆性工程”，刘强介绍，虽然起初自己算是单枪匹马代表公司杀入山东市场，但是具有背靠大企业的底气以及在当地自己为了开拓市场、打通关系所付出的努力，项目取得了“开门红”。

既然有这样的履历作为背书，刘强在这家房企的前景十分光明。然而，出乎意料的是，家庭的原因，使他不得不放弃触手可及的美好未来。

“我被派驻山东的时候，恰好有了孩子，因此就想把妻子和孩子带在身边”，然而在当地，孩子的身体出现了强烈的水土不服反应，以至于在山东期间不停地生病，一度让刘强忧心忡忡。

无论是收入水平，还是发展前景，对于年轻的刘强来说都是难以抗拒的诱惑。然而孩子的身体不适应令他与妻儿团聚的想法化为泡影。他不禁开始重新考虑自己的未来。

“因为在我10岁的时候，我的母亲因病去世”，作为一个男人，虽然刘强当时有着数十万元的年薪，但是家庭的责任让他不能仅仅考虑自己的前景，还要把家庭的责任背在肩上。

反复权衡之下，刘强向老板提出了辞职。

“我当时的想法是，倘若我自己创业，哪怕没有了数十万元的年薪，但是或许还有赚到更高收入的可能。尤其是想到自己的孩子，即使赚不到钱，如果能够保障妻儿正常且幸福的生活，也是一个男人最基本的责任。”

离开了光鲜的房产职业，刘强的创业并没有明确的方向。当时，他

要么是有机会去追随老乡到武汉打拼，要么是回到家乡谋一个营生。总之，一切都是未知数。

“原来我在深圳的房企老板是位台湾客商，业余时间最喜欢的就是路亚”，因为有机会跟随在老板身边，刘强对路亚这项运动有了最初的了解。

“路亚所用到的假饵，其主要材料就是塑料和再生铅”，这让刘强茅塞顿开，“我的家乡界首，正是这两样东西的原产地啊！”

## 苦中作乐，持之以恒

回到家乡，现实给了刘强当头一棒。

仅仅了解到路亚运动的耗材原料源于家乡，但是如何做、卖给谁？他是一无所知。

好在这个商机并非他的首创，既然是原料产地，必然早已衍生出这个产业的基础。

2009年，刘强在自家的三间猪圈开启了创业之路。

“没有专门的厂房，没有专门的人员，我家的闲置猪圈就成了我的厂房，我从互联网学来的皮毛知识就是最早的技术标准。”

这样的起点着实令人不敢恭维。但是，尽管身处一个猪圈，刘强却丝毫没有丧失远大的理想。

“我很多的知识，得益于自己对互联网较早的接触”，那时候的他，白天近乎疯狂地在互联网上自学知识，晚上就在猪圈做成的“厂房”中做着各种生产实验。

从路亚远抛使用的配重铅做起，这是最没有技术难度的产品。他蹬着一辆二手三轮车，跑到20千米外购买原料。“那时其他成规模的厂家都是大量进货，只有我像个收废品的一样零零星星购入少量的原料，没少受别人的冷眼。”

从过去台湾老板那里，刘强知道山东威海是国内渔具产业的聚集地。为了做好配重铅，他就主动跟威海的渔具厂家联系，近乎有些厚着脸皮地向对方请教生产知识。

在这个过程中，刘强方才得知，铅坠儿上面可以加上鱼钩，这就成了路亚必备的一种铅坠鱼钩。

铅坠与鱼钩的结合看起来不难，然而给铅坠喷漆却成了不折不扣的一件难事：铅的附着力不足，普通油漆很难在铅表面喷涂。此时，刘强的二弟恰好到了威海的一家油漆厂打工，靠着弟弟提供的“情报”，刘强终于找到了解决这个问题的特种油漆材料。

2011年，刘强抓住了一个机会，从村委会那里争取到一片空地，他几乎徒手建起了近500平方米的厂房，猪圈里创办的作坊终于鸟枪换炮、改头换面。厂房里的生产工人，也一度增加到了40多人。

2014年，刘强在朋友的劝说下，将厂房迁入界首当地的西城科技园，开始了海德龙渔具的标准化建设流程。这个跨越，在刘强的眼中几乎是一座不可逾越的大山。

长期以来，作坊式的生产方式让刘强对于额外费用的支出有着强

烈的排斥。朋友劝说，若想企业更进一步发展，必须要走标准化生产经营流程的建设之路，否则就会永远局限于小作坊的框框里。

“不是不想迁入园区，而是房屋租金和人员成本，都将变成每个月的固定支出。倘若没有订单，这笔钱到时怎么出都是个问题。”拗不过朋友的好言相劝，尤其是朋友们的倾囊相助，更让刘强没有理由不登上这座大山。

有了压力，方有动力。为了打开市场，获取更多订单，刘强决定要积极参加国内外的大型行业展会。国内路亚运动的普及程度还远不及海外市场，刘强几乎是稀里糊涂地报名参加了巴西圣保罗的一个大型渔具展。辗转法国巴黎，历经数十个小时，刘强就这么来到了地球的另一端。

语言不通、靠着泡面度日，刘强几乎要在举目无亲的异国他乡崩溃。

绝境逢生。刘强摆出的这个毫不起眼的渔具展位，居然得到了当地一位神秘华人的青睐。正是因为了解了刘强的这份恒心与执着，对方提出了合作洽谈的意向。

此时的刘强，根本没有意识到这将成为改变海德龙渔具的一次重要机遇。后来，他才从当地华人口中得知，这位神秘华人，正是南美地区排名第二的渔具经销商。

一个集装箱的订单，为刘强这趟南美之行画上了完美的句号。虽然他在归国后因身体严重透支连续住院18天，但是他自感苦中有乐。

或许与他长期从事的路亚运动有关，刘强的皮肤被户外强光晒得黝黑，但丝毫掩饰不了他创业的决心与信心。“我曾走过那么苦的路，但是也曾尝过这份事业的甜”，不求挣得多少钱，但是希望通过自己的努力，为自己深爱的这项运动的推广与普及，尽一份努力；为自己曾赌上一切创办的品牌，积攒更多的名气与人气，也希望能为家乡界首增加一个好的企业。

只有如此，“强哥”才能被称为“强者”。

“每一次危机都是一次商机，

就看能不能把握准了。”

**刘威威**

界首市东威塑业有限公司总经理

# 刘威威：
# 让“放错位置”的财富归位

文/孙书文　摄影/刘姜

100多年前，一名摄影师在暗房里的实验催生了最初的塑料。

现代人的生活已离不开塑料制品，全球每年生产大约3亿吨塑料。塑料给人类带来便利，然而由于它无法自然降解，塑料垃圾也给人类带来了巨大的麻烦。

世界上本没有垃圾，只有放错位置的财富。如何让塑料垃圾变废为宝，已经成为人类共同努力的目标。皖北小城界首为实现这一目标率先迈出了一步，并取得了令人可喜的成绩。

安徽的界首靠“换破烂，捡破烂”，捡出了一个塑料回收加工的百亿产业。

以废旧塑料回收和改性塑料精深加工为特色的界首高新区光武科技园再生塑料循环经济，2020年工业产值近160亿元。目前，园区入驻企业超139家，年回收废旧塑料180万吨、生产再生塑料颗粒150万吨，形成了废旧塑料回收、分拣、清洗、造粒、改性塑料、注塑制品和压延产品的产业链条，成为全国最大的再生塑料生产基地之一。

这其中就有界首市东威塑业有限公司贡献的一份力量。东威塑业专注于再生资源回收利用，主要生产PP和PE再生回料改性颗粒以及注塑、吹塑、拉丝、吹膜、改性等各类制品，如管道、木塑、家电、玩具、注塑配件等产品。2020年，东威塑业生产再生回料改性颗粒约1.3万吨，营收约7144万元。

站在厂区露天仓库内，从事资源回收行业近20年的界首市东威塑业有限公司总经理刘威威指着堆满小山般的废塑料瓶片说：“这些看起来普通的塑料，经过各种改性，做成强度、韧性各不相同的再生回料颗粒，真正变废为宝。”

刘威威从事的是当下炙手可热的行业之一——改性塑料，他骄傲地说，改性塑料作为新材料产品，属国家战略新兴产业范畴，受到国家政策鼓励与支持，其中，《“十三五”国家战略性新兴产业发展规划》则为改性塑料技术发展确立了方向。

## “创二代”的奋斗路

在光武镇有一条废品收购街，许多居民都是全家总动员，参与废品回收。据介绍，全镇从事废品回收的有2万人，他们手摇拨浪鼓到全国各地收废品，北至内蒙古、东北，南至广东、福建，都有光武货郎走街串巷的足迹。后来，光武人发现废旧塑料制品经过简单加工，价格能翻番，于是一部分人在大批量收购后，开始对废旧塑料进行整理、清洗、粉碎和造粒。

刘威威的父亲就是界首最早一批从事废旧塑料回收的创业者，家里雇了几名工人，刘威威自幼家境比较优越，也没吃过苦头，无忧无虑到成年，才渐渐意识到父亲做生意的艰辛，主动承担起家庭的责任。

十八九岁的刘威威想出去跑跑，见见外面的世界，在征得父亲同意之后，他到江西等地收购塑料瓶，再卖到界首光武大市场。“收塑料瓶远的地方跑到江西、江苏。那时候还挣不到几个钱，一天挣个几十，好时候挣个一二百的，舍不得花，有一天无一天不稳定，上货卸货全靠自己。那时候日子真挺苦的。”

2006年，界首市政府因势利导，建立了光武再生塑料循环经济产业园，再生塑料循环经济迎来了一次发展的飞跃。

刘威威回忆，生产塑料颗粒的企业早年主要是江浙地区的企业，他们到光武大市场采购塑料瓶片再回当地加工，界首本土企业大多从事塑料瓶片的买卖。

而独自闯荡市场多年，刘威威增长了见识，不满足于仅仅做原材料的贸易，他要向下游发展，自己生产塑料颗粒，成为界首市第一批做塑料改性颗粒的企业。

2008年，刘威威创立界首市东威塑业有限公司，依托光武大市场，公司主营再生回料改性颗粒，当年营收过千万元。

从事PP和PE塑料颗粒的生产，在外人看来同质化竞争激烈的行业，刘威威却用一粒粒塑料颗粒铺就了自己的蓝海。

“很有意思，同一个行业有些人干着干着就离开了，而有些人进来后留下了，还赚到了钱。”刘威威颇有深意地说。

身边有朋友建议刘威威延伸产业链，做塑料颗粒下游深加工。通常下游企业购买塑料粒子后通过进一步注塑、吹塑或挤出等工艺成形，制成最终的塑料部件，可广泛应用于家电、汽车、建筑、包装等领域。

“再生回料改性颗粒的市场空间很大，深耕一个领域就好。”刘

威威有自己的打算，下一步，他想做资源回收，而不是延伸下游做深加工，“资源掌握在谁手了，谁有发言权”。

不做深加工的缘由，刘威威还道出关键一点，“做深加工，跟客户就成了竞争对手，以后的合作都很受影响”。不要去做和客户相同的东西，不要给自己找更多的竞争对手，专注专业做好一个领域，是刘威威多年来创业的理念。

“作为一个老板，你想做什么，自己要把方向想清楚了，不能什么都想做，能做好一件事就不错了。”刘威威说。

2018年，东威塑业年销售额4500万元；2019年，销售额达7000多万元。

虽然公司业绩稳步增长，但刘威威感到了深深的危机感，“创业路上，如履薄冰、战战兢兢”。刘威威认为，随着环境保护的常态化，要么规范做大，要么被淘汰，没有中庸之道。

随着环境保护理念的深入人心，环保也成为考核再生资源回收企业的重要指标，界首市委、市政府高度重视企业的环保达标工作，实行严格的项目建设和招商引资环评准入标准。

东威塑业成立之初，刘威威在界首市光武镇大东王村租赁厂房，镇上再生资源产业不断发展壮大，一些小散乱污企业借机发展，给当地生态环境造成极大危害。

界首市光武镇积极引导规模企业进行设备改造升级，规范加入光武科技园经营，并投入巨资为园区配套建设了污水处理厂。

刘威威意识到，不规范发展，就得不到政府的支持，企业不可能

取得大发展。2014年，东威塑业积极响应政府号召，当机立断入驻园区。事实证明刘威威的判断完全正确，入驻园区的第二年，光武镇取缔非法废旧塑料加工点1000多家。

“做企业就是这样，把握不住节点，可能被市场淘汰，可能被政策淘汰，危机四伏，不得不有敏锐的嗅觉。”刘威威感叹道。

在企业发展的重要节点上，刘威威抓住了机会，他称之为“运气好，搭上了末班车”。

## “道阻且长，行则将至”

丘吉尔曾说，不要浪费一场危机，每一次危机，都隐藏着机会。对于这段话，刘威威在2020年别有一番体会。

2020年新冠肺炎疫情来袭，各行业受到不同程度的打击，但每个经济主体的感受各有不同。

东威塑业2020年营收达到7144万元，比2019年还略有增长。

这个数字，刘威威在年初时可不敢想。“当时大家完全蒙了，很迷茫，跟客户交流，发现他们也很迷茫，都不知道未来的市场走向。”

疫情期间，市场停摆，形势不明朗，没有人知道什么时候能复工复产。刘威威未雨绸缪，早作规划，提前跟老客户沟通联络，主动降低产品价格，终于稳住了一批老客户的心。“每一次危机都是一次商机，就看能不能把握准了。”刘威威说。

2020年塑料瓶片原材料价格大幅下降，东威塑业客户稳定，产品销量平稳，反而大幅度节约了原料成本，提高了利润率。

当被问及创业成功的经验时，刘威威谦逊地表示，企业离真正意义的成功还有距离。思考良久后，他轻声低语：“抓住的机遇，满足市场的需求，牢牢把握市场的趋势，是这么多年我们企业还能存在的主要原因吧。”

对于市场的精准把握，是刘威威总结创业十多年来公司产品销量一直不断攀升的主因。东威塑业刚刚成立时，正逢2008年全球金融危

机，中国政府出台“四万亿”刺激经济计划，主要用于投资传统基建项目，东威塑业大力开发应用于管道产品的改性颗粒，创立伊始，就搭上了发展的快车道，站稳了脚跟。

近些年，木塑复合材料在城市景观应用中异军突起，解决了普通木材在应用的过程当中易受潮、不耐高温，易发生腐烂和虫蛀等缺点，成为广泛用于景观设计领域的新型材料。

东威塑业又敏锐地抓住了这个机会。几年前，东威塑业与高校合作，开始研发木塑改性颗粒，目前，这种产品已经成为东威塑业支柱性

的一款产品。

求新求变，积极投入科技研发，刘威威一直在探索，“科技的投入研发是永无止境的，特别是我们这个行业，不变革，是没有出路的”。

虽然创业路上，企业发展得风生水起，但刘威威不满现状，他有着自己的规划。

“我们公司规模还是太小，增长的速度也不行，外人现在听到我们的未来规划可能会感到有点离谱。”刘威威坦诚地说，改性颗粒行业可发展的空间很大，目前主要受制于场地，企业规模没有上去，还有很大发展潜力。

让他高兴的是，之前东威塑业提交的土地需求申请，已经得到了界首市政府有关部门的批准许可。

拿到土地之后，刘威威想再往前迈一步，准备延伸到再生资源产业链的前端，做废旧塑料的回收、破碎以及改性回料颗粒。“专业专注，还是主要做再生回料的改性。”

东威塑业成立十余年，从开始的两条生产线到现在的十条生产线，从年产千吨到现在年产万吨，从单一品种到现在的十多个品种，以“科技为先导、品质为保证、服务为使命”的宗旨，凭借完善的管理制度和强大的技术力量，全力打造优质产品，并与金发科技等国内多家知名企业长期合作，与合肥工业大学签订合作协议，大力投入科技研发，以提升产品品质。

2011年，公司通过质量管理体系ISO9001、环境管理体系ISO14001认证，先后获得实用型专利15个，发明专利1个，3个发明专利以及8个实用型专利还在申请中。2019年，公司被认定为界首市高新技术企业。

在刘威威看来，虽然企业成立时间不长，但也经历了市场海洋的惊涛骇浪，并侥幸生存。“道阻且长，行则将至吧。”刘威威糅合引用了《诗经》和《荀子》的名句以表心志。

“当时想得很单纯，

就是大家为了共同的梦想。”

**罗子彬**

安徽省颍江文化传媒有限公司董事长

# 罗子彬：
# 岁月从不负青春

文/于昕　摄影/姜威

12月份的一个清晨，天公揉了揉惺忪的眼睛，一轮红日冉冉升起，将云朵炫成金红，街边卖早餐的小摊上冒着氤氲热气，卖东西的、买东西的，熙熙攘攘。这平凡的一幕，仿佛透露着生活的真谛，天气虽然寒冷，却让人感受到了阵阵暖意。

穿过人流，走进界首市的一个小区里，会发现一个鲜花树木锦簇的木板长廊，脚下流水潺潺，间或有假石点缀，尽显禅意。穿越长廊，忽见一个醒目的标注——“颍江传媒”，刹那间竟感到凛冽冬日顿显朝气蓬勃。

创立于2016年7月的安徽省颍江文化传媒有限公司，专注于影视制作与活动策划，是一家具有前瞻性部署、专业化运作和规模化经营的新兴文化创意企业。颍江传媒扎根阜阳，并利用地理优势，多次参与市级大型演出的策划与执行。与此同时，颍江传媒还积极融入长三角经济圈，曾协助央视等媒体拍摄了城市宣传片。

罗子彬便是颍江传媒的掌门人。

2020年，作为阜阳市青年创业者协会秘书长的罗子彬曾在协会成立大会上分享自己的创业经历。“我从2015年创业开始做电商，第二年底团队就解散了。2017年重新开始，却在2019年遭遇了重创。经过一番调整后本来准备大展拳脚，不料一场突如其来的疫情又打乱了计划。”说到此，罗子彬在现场竟然半开玩笑地询问与会者，是不是觉得他很惨？其实，他的话语之间，或多或少地夹带着幸运的口吻和成功的喜悦。

## 艰难启航

2015年，罗子彬从江西宜春学院毕业，走出校门他就义无反顾地踏上了返乡创业之路。

“当时之所以作此决定，更多的还是家庭因素。”罗子彬说道。父亲兄弟三个，两个伯伯长年在外，只有排行最小的父亲没有离开界首。受父亲的影响，罗子彬也是“父母在，不远游”，大三时就早早成家的他，一年后便有了孩子。面对刚刚组建的小家庭和初为人父的责任感，罗子彬更是坚定了返乡创业的决心。

不打没有把握的仗。自媒体兴起于2013年，次年呈现出了垂直化

和本地化的趋势，机械制造专业出身的“门外汉”罗子彬看到自媒体的野蛮生长，便想试水，于是早在2014年实习期间，他就开始筹备创业计划。首先，他在微博上创建了一个专门发布界首本地资讯的自媒体账号，“那时候微博粉丝有两万左右，一直没有溅出什么大的水花”。

临近毕业，罗子彬觉得自己应该真真正正地做一番事业了，恰逢电商如火如荼，各类电商获得融资的消息不绝于耳，高歌猛进的电商圈子使他怦然心动。

心动不如行动，想到就要做到。罗子彬确立了加入电商行业的创业方向，可是刚出校门的他只有一腔热血，没有创业资金怎么办？“实在不好意思开口向父母借，无奈只得拿着大儿子出生时的一万五千元的份子钱作为创业基金。”说到此，罗子彬颇为心酸。虽然有了第一笔钱，但距离起步资金的总额还相差甚远。于是，他想到了界首团市委，“我大学时在校团委工作了四年，了解团委向来对大学生创新创业十分支持，所以就有了寻求团委援助的想法”。一开始他的心里也没底，不知道团市委会不会认同他的创业梦，待他将自己的创业规划一五一十地陈述完毕后，团市委一位负责同志当场就拍板：“我帮你去银行贷款！”

时至今日，每每想起那一幕，罗子彬依然热泪盈眶。一位素不相识的领导，竟然冒着大雨一手撑伞一手骑着电动车陪他来到银行，跑各个柜台、走各种程序，整整忙了一天帮他贷款。“一个陌生人，就是因为信任你才决定帮助你。如果自己做不好，岂不是辜负了别人的信任吗？”说到这里，罗子彬的眼中再度泪光闪烁。

拿着筹集好的资金，罗子彬在界首市一个菜市场附近租了一间只有七八平方米的小办公室，一个人专注地做微博、公众号，为电商“吸粉”，建立O2O平台，开发界首圈APP，内容囊括了发布资讯、消息以及线上购物等各个领域。那时的罗子彬每天早出晚归、披星戴月。为了省钱，一餐管一天，一餐如饕餮。一个人、一间屋、一张桌、一台电脑，日复一日地工作，身影孤独而寂寥。

如果艰苦的生活能够得到回报，自然也是值得的。但是，由于缺乏

经验，加之理想和现实之间存在偏差，平台的线上线下对接不力，APP不被商家认可，用户群也没有成功建立起来，整个公司几乎是入不敷出。罗子彬的个人创业、电商事业刚刚起步，就遭遇了风浪。

## 一切都是最好的安排

在罗子彬为电商事业踌躇之际，意想不到的事情发生了。在做电商时，他为了推广APP经常会与朋友拍一些搞笑视频引流，“我发现渐渐地会有人问这个片子在哪儿拍的，他也想去拍”。罗子彬经过调研，发现界首的文化传媒业务一直处于空白状态，但市场需求却很大，他从中嗅到了商机，颍江传媒应运而生。

2016年4月，罗子彬与三个朋友一拍即合，决定联手经营文化传媒。他负责市场开发，一人负责影视设备，一人负责活动策划，分工完成后便快马加鞭地投入到了工作之中。“当时想得很单纯，没想到什么股权、赚钱，就是大家为了共同的梦想。”这句话听似简单，此后却让他深深为之懊恼。那时朋友间关系较好，他清楚地记得，接的首单是为一个乡镇文化艺术节做宣传片，佣金6万元，“我当时贷款才贷了7万元，一下就接了这么大的单子，觉得很开心”。罗子彬终于从创业中尝到了甜头，视频业务量也蹭蹭上涨。“每个月都有订单做，电商却做得很吃力，所以慢慢地便放弃了，虽然当时也很难过和不舍，但是要及时止损呀，梦想也要照进现实。”

正值事业扬帆破浪之际，几个合伙人却在2016年9月出现了分歧。“我们每做一个项目赚到钱之后就立马分掉，我想把钱投入到公司发展中去，可他们却不愿意。”罗子彬回头想想表示，“可能我比较理想化，没有站在对方的角度看问题，他们都比我大几岁，还有家庭要养活。”那时的罗子彬意识到，创业不能单纯地为了钱，还要为了钱以外的东西付出一些努力，人活这一生也要追求自己的梦想和目标，不能一直被世俗所累。经过一段波折，团队最终还是遗憾地解散了。

经此一事，罗子彬心中的目标更为明确，要尽快组建自己的团队，深耕文化传媒市场。他在高速路口旁边的商贸城租了两间门面，上下三层，第一位员工刚加盟时，整个公司只有两个人、一张办公桌和一台电脑。“那时整个办公室的租金才几百元”，每每忆起往事，罗子彬都是唏嘘不已。

之后的事业有起有伏，但总体上是前进上升的。公司不断有新的员工涌入，业务甚至一度接到手软，公司为此也逐渐地进入稳定发展期。罗子彬分析，城市随着时代的发展而发展，无论是政府还是企业，对于宣传的需求都在不断增加，颍江传媒的宣传服务有特色、有创意、有温度，恰恰满足了受众需求。2018年底，公司的营业额一下子突破了300多万元。

然而，成功从来不会一帆风顺。当罗子彬正在为2019年预定500万元目标任务之时，公司却由于客户群体单一、产品质量与管理服务跟不上公司发展的步伐等，导致订单在一开年就锐减。“我们公司一直都是‘人治’，缺乏具体的规章制度，直接导致的恶果就是不公平。团队里大多都是年轻人，挣了钱我就带着大家一起出去玩，可在有活儿干的时候大家能努力工作，没活儿干的时候由于无制度约束，问题就暴露出来了。”同时，团队人心不稳和几个业务骨干的离职，不得不让罗子彬开始深思。于是，他利用2019年上半年业务少的时机，整顿了团队，明确了制度，确立了管理模式和职务职级，针对一些技术性的问题成立了攻坚小组，并提炼了公司精神，将服务、愿景、使命、价值观都一一落实在字面上，并付诸每位员工的行动上。

颍江传媒每年都会召开一次总结大会，并详细规划部署公司愿景和目标。但在2020年之初，新的考验突然来临，一场疫情在全球蔓延。“对于我来讲，其实疫情停工是一个重现的过程。虽然2019年与2020年的业务暂停看似都差不多，但是这两个时期有本质的区别。那就是在2019年时公司员工人心惶惶，而在2020年我们却是心手相连、信心满满。”

## 未来已来

如果说2019年是罗子彬修炼“内功”的一年，那么2020年就是一次大考。定位于下沉市场的他，在2021年有了新的计划，那就是要走出去。

随着界首的不断发展，许多客户对于更高端的资源有了新的要求，

但是解决的途径很少。立足于目前的形势，他想要为大家提供更为高效、更为便捷的解决方案，这也为自己设定了更高的标杆。

“走出去”是首要任务，另一个任务就是要强化学习交流、整合资源。内功的修炼在于自我提升，外功的修炼在于建立联系、实现共赢。

针对下层市场创建智库型组织，又如何能为客户提供一、二线城市的企业、部门才具有的硬件和软件呢？罗子彬认为，这种智库型组织类似咨询，核心在于通过服务建立一套信任体系。

于是，经过缜密思考，他为颍江智库下了定义：颍江传媒1.0版是服务于政府机构的文化传媒公司；2.0版是服务于政府与企业的文化传媒公司，相比而言，客户群体增加了企业组织；而3.0版是服务于政府机构与企业组织的文化服务平台，这应当属于一个开放式服务平台，只有集众家之所长于平台，才能打响名气；4.0版则是服务于政府机构与企业组织的综合性服务平台，已经从文化服务层面上开始扩展。这种层层升级、扩大的模式，是独属于颍江传媒的鲜明特色。

着力打造一个立足颍江、面向全国的综合性服务平台，是罗子彬目前所追求的目标。而颍江传媒只有具备远超一般企业的胸怀、眼界和远见，才能在业界走得更高、更远、更好。而这一点，罗子彬心中有数、信心如磐。他为公司下的定义，便是他正在施行的路线图和作战图。

"我要带领企业创造更加优质的塑料管道，

为农村山区提供优质资源，

推动农村改造，

为环境保护事业贡献微薄之力。"

**申建**

安徽英标新材料科技有限公司总经理

# 申建：
# 勠力跑出加“塑”度

文/于昕　摄影/姜威

20世纪的七八十年代，界首市因人口多、土地少，很多人选择了赴全国各地捡废品。而捡回的废品对环境造成了极大的威胁，是简单地叫停，还是有力地引导？界首市优选出了向循环经济发展的路子，并于2006年创建了界首市光武再生塑料循环经济产业园。

有关资料显示，光武产业园是一个对再生塑料回收、加工、利用和供应的循环经济产业园，目前已形成了废旧塑料回收、分拣、清洗、造粒、改性塑料、注塑制品和压延产品的产业链条，成为全国最大的再生塑料生产基地之一，其所在的光武镇是一个循环经济特色产业集群，多次被评为“中国特色小镇”。

光武产业园获得巨大成功的背后，是一大批人在砥砺前行。安徽英标新材料科技有限公司（以下简称“英标公司”）总经理申建就是其中之一。

英标公司是一家集专业塑料原料供应，产品研发、生产、销售，改性塑料研发、生产、销售，高分子新材料技术研发及成果转换，塑胶管道生产、销售于一体的科技企业，该公司拥有高科技专业技术人员及业务精英50多人，独立研发并申报各项技术20余项。

从2004年踏入塑料行业的一个毫无经验的“小白”，到成为一家高新技术企业的总经理，申建是怎样炼成的呢？

在英标公司的工地上，刚开工建设两个月的厂房还在建设之中，生产线上的工人有条不紊地工作着，管道整齐地摆放在场地上。申建每每望着新厂房，脸上都是满满的期待。

## 废品变金，大有可为

1995年，申建在无奈辍学后便去学了机电。两年之后，又跟随老乡去温州开出租车。当带着乘客在温州满大街转时，申建经常会听到温州著名企业家王均瑶的名字，“他非常年轻有魄力，温州有很多他的产业”。那时的申建就想自己何时才能像王均瑶一样，成为赫赫有名、让人艳羡的企业家。后来当王均瑶英年早逝时，他为此哀叹不已。但也就在此时，创业的想法在他的心里悄悄生根发芽。

正当出租车生意做得红红火火之时，行业的无序发展导致行情有变，生意大幅度萎缩，利润急剧减少，申建因此萌生了返乡的念头。

说干就干，申建在仔细研究了市场之后，选择了塑料行业。“我小

的时候家里人就做过塑料生意，经营一些塑料制品，如生活用具瓢、筷笼等。因那时塑料技术还不够成熟，后来就无法继续下去。”申建创业的起点也是源于家庭的熏陶。

2004年，拿着东拼西凑的20多万元，申建联合两个朋友共同成立了佳通塑业科技有限公司。在光武园区附近租了四五亩的土地建起了工厂，并邀请家人到工厂做工。“那时没有经验，主要是做一些循环经济中最底层、最简单的塑料清洗、破碎等工作。”可谓知易行难，由于经

验不足，申建一开始便遇到了麻烦，“产品质量不过关，退单较多，很难留住稳定的客户，也因信任感缺失，客户渐渐减少。”申建坦言，“加之那时没有能力聘请专业的财务管理人员，导致账面管理混乱。”负责管账的申建每天看着账面都是愁染心头，押款欠款愈发严重，因产品质量问题导致退货现象也是屡见不鲜。如此种种，让他眉头紧锁、焦虑不堪。

尽管压力巨大，但申建从无半点怨言，“那时最怕接到家人的电话，每次与家人通话时我也都是报喜不报忧”。申建在心底暗暗发誓：一定要闯出个名堂。由于一年多没有稳定的订单，公司迫于无奈只好对废塑料颗粒进行售卖，勉强维持运营。“着急也没办法，只能一步一步接着做。”申建很是感慨。

## 抓住机遇，奋力向上

好在天无绝人之路，湖北凯乐科技股份有限公司向申建抛来了橄榄枝，蛰伏了几年的申建终于迎来了幸运的曙光。“我们2006年就认识了，那时因为湖北一个公司的业务员来界首产业园区寻求合作，经过朋友的热心介绍，双方就熟络成了朋友。”2008年金融危机，这家湖北公司原来的合作伙伴因改变发展方向终止了合作，于是他们就主动找到了申建。“湖北老板认为我比较踏实，就与我们公司建立了长期的合作关系，也为之后的发展铺平了道路。那时是在做3G、4G的通信管，一开始只有湖北客户，随着口碑积累、客户推荐，慢慢地开始向江浙一带延伸。”

幸运之神的光顾只能是一时，实力才是做大、做强、做久的关键所在。申建是个实在人，他从不空谈理想，而是脚踏实地，一步一个脚印往前行进。为了提高效率、把控产品质量，他不惜重金地改造升级机械装备，也正是因为产品的优质，湖北的公司自从与其合作至今已达十几年，从未中断。

有了一些积蓄后，申建再接再厉，于2008年成立了安徽钰泽塑业科技有限公司。此后，便进驻光武园区，斥资200多万元购置了五亩多土地建起新厂，依然专注于塑料颗粒、管道生意。与之前不同的是，原来的PVC材质如今换成了更加环保、更为方便快捷的PE材质。

经过几年的苦心经营，公司发展渐渐走上了正常轨道。自2010年始，公司在塑料管道材料方面获得了诸多专利成果。申建也从一次次与困难的对垒中不断获得经验。2016年，在听到“贵州生宸源新材料科技发展实业有限责任公司需要货量大”的圈内传闻后，申建闻风而动，千里赶赴贵州。在考察后，他主动与生宸源洽谈合作，并凭借质量优良的产品和踏实肯干的作风，一度成为生宸源最大的供应商。

2017年，安徽钰泽塑业科技有限公司在安徽证交所正式挂牌新四板中的成长板，获得了20余项专利，同时也荣获了界首市的优秀纳税企业、安徽高新技术企业等称号。

随着生意的渐入佳境，申建在2018年终于还清了各种欠款，经济压力骤减，而此时的申建却没能闲下来。“现在我的解压方式就是约着生意伙伴、客户一起出去考察。在外了解千变万化的市场时，我还要保证工厂里40多名员工的薪酬能够准时发放，所以我还不能松懈下来。”

业内人士大多了解，在塑料管道方面，铺设安装一直是一个技术性难题。现在的管道铺设是开挖式的，6米一个橡胶口，安装极其麻烦，虽然至今尚未出现管道安装问题，但申建未雨绸缪，“因为管道口做得很紧，安装时怕工人没有耐心，我就想能不能有更好的办法来彻底克服这个难题”。

2019年，英标公司自我加压，发展标杆逐渐拔高。“我和两个合伙人一共投资了6000多万元，先是在光武园区购置了一块四五十亩的土地建设工厂。虽然我们已经办厂十多年，但是管理人才方面的经验仍旧匮乏，目前正在大量招聘新的车间工人、财务管理和技术管理人才。同时我们要狠抓创新，以创新推动企业发展。”为此，申建正在积极谋求与高校合作，支持高校科研，推动校企合作。

## 经历风雨，遂见彩虹

2020年11月，《中共中央关于制定国民经济和社会发展第十四个五年规划和二〇三五年远景目标的建议》正式发布，明确提出系统布局基础设施建设，全国各地也开始描绘新的建设蓝图，这为申建和他的公司也带来了重要的发展机遇。

“自新工厂投产两个月以来，已开通了3条生产线。因我们的产品结构独特、抗压能力强，具有良好的挠曲性能，接口密封又好，避免二次污染，可以说是理想的‘绿色管材’。我们的产品内壁光滑，过流量大，产品重量轻，施工方便，可降低施工费用，缩短施工周期，使用寿命长，地埋使用可达50年以上。这些独特的产品魅力，使我们第一个月的订单就有七八十万元，第二个月订单急剧攀升已达400多万元，第三个月预计订单达800多万元。目前，我们还正在紧张地赶工之中……”说起企业的发展形势，申建喜不自禁。他敏锐地嗅探商机，将原来的塑料颗粒加工改为了现在的塑料管道加工。“之后我们还会不断地延长产业链，做到塑料清洗、破碎加工一体化。”

面对骄人的成绩，申建谦虚地表示：“取得如此成果是因为我们的

产品技术较好，原材料运输距离近，加之又有政府的大力扶持，并非是我有本事呀。”

申建始终致力于研发最新管道种类，扩大融资规模、增加就业岗位，一言一行地兑现着自己对社会的责任感。做生意难，做实体生意更难，立志于振兴实业的申建，数十年如一日地坚持诚信做人。亲朋好友、生意伙伴对他的评价也是高度一致：为人诚恳，值得深交。

遥想当年，他忙得是边吃着饭边打着电话，哪怕是负债累累，也从不亏欠别人一分钱。安安心心做事，踏踏实实做人。“截至目前，我没有发生过任何一起经济纠纷，没有做过一次假动作，没有受过一次工商管理方面的处罚。我可以负责任地说，生意上也没有半句假话。”申建如是说。“虽然我是老总，但我闲不下来，基本上每天起床后就在处理业务上的事，其他人做我暂时还不放心，差不多从早到晚就在工厂里泡着。也正是因为我在业内口碑优良，所以在圈内，大家对我比较认可。”

从事经营多年的申建，已经创建了稳定而清晰的销售网络，“周边县、市有经销商，再由经销商卖给工地，目前以河南新乡等周边为主线

销售，我们的管道也远销北京、湖北及省内六安等地区。现在工厂有三条生产线，一条生产线一天约生产3000米长的塑料，厂房达到15000平方米，一个工厂几十个人，就可以完成如此大的销量。”如今的申建谈及未来满是信心， 并定下了三年之内销售额冲三亿的“小目标”。

面对瞬息万变的市场环境，申建决定首先建立十条生产线，慢慢扩展市场，发展其他业务，延长产业链，同时加快创新的脚步，“创新是企业的生命之源，目前我们正与合肥工业大学高分子工作室以及国内的塑料专家四川大学王琪院士团队洽谈”，期望能进一步改善塑料科技，尽力实现零污染，还未来一片蓝天。在资金方面，申建力图增强资本运作，实现大规模融资，为做大、做强提供坚实的保障。

“我要带领企业创造更加优质的塑料管道，为农村山区提供优质资源，推动农村改造，为环境保护事业贡献微薄之力”，申建也一直在用行动诠释着一个企业家应有的使命和担当。

“农业是我家乡的基础，

生态农业的尝试如果能在家乡落地，

才能真正对脱贫攻坚工作起到推动作用。”

**王光晋**

安徽省万果园农业科技发展有限公司总经理

# 王光晋：
# 万树硕果香满园

文/戚飞　摄影/刘姜

倘若你在20多岁的时候实现了财务自由，你将会如何安排自己的生活？在喧嚣的社会中，买房、买车……不停地满足物质欲望？

2012年，靠着在郑州做钢材生意积累下的近2000万元资金，王光晋也曾经反复思考过这个世俗的话题。

## 创业成瘾

在王光晋看来，恐怕连他都不敢自认为是块学习的材料。

为了出人头地，在他来到合肥警官职业学院求学之后，可从未觉得自己能成为一名兢兢业业的人民警察。老家那几间破败房屋始终提醒着他，要靠挣钱来改变自己和家人一辈子面朝黄土的命运。

所以，对于创业这件事，王光晋从一开始就上了瘾。

“大二的时候我便申请勤工俭学，利用周末时间去其他高校门口摆地摊”，王光晋由此开启了最初的创业历程。

靠着这份超前的商业嗅觉，他很快积累了一笔收入。有位发小来到合肥，招呼他一起创业做买卖，王光晋把钱投进去，在五里墩附近的临街门面房开起了一间馒头铺子。

“坦诚地讲，那时都是瞎创业，觉得好像什么都能赚钱。”年轻的他忽视了不同的行业都是需要专业知识的，结果馒头店没撑过三个月便关门大吉，首次创业即告失败。

那才是2008年。关掉的铺子经过盘点，王光晋拿到了剩下的1000元，他开始思考毕业后就业的方向。

皖北小城界首因为毗邻河南，向来有很多家乡人到郑州务工。于是，王光晋也带着简单的铺盖，踏上了远行郑州的火车。

初到郑州，尽管他脑子活络，有股“初生牛犊不怕虎”的精神，可要能给自己挣口饭吃，又一时不知道该做些什么，于是他便重操旧业，在郑州南环的天桥摆起了地摊。

因为是“不懂规矩”的外地人，贸然闯入了别人的领地。摆到第四天，就有本地人过来把他的地摊给掀翻了。这个活儿只好歇业。

当时智能手机刚刚兴起，在郑州人流量最大的步行街，王光晋又倒腾起了手机配件、手机贴膜，逐渐涉足电子产品。

被他瞅准的这个商机，事实证明是正确的。王光晋不仅在一年内

陆续租赁了两家手机维修门面，一条街上类似的店铺也次第竞开。

一旦竞争变得饱和与激烈，利润就无奈地要降下来，盈利能力大不如前。此时，王光晋想到了改行，手中积累了六万多元的资金，自己的创业信心比以前大大增强，甚至还存在稍许的膨胀。

“我后来选址到了黄河科技大学门口，打算开一家饭店，做餐饮生意”，手中的资本是够了，饭店很快就开了起来，然而他再次忽视了餐饮行业的专业性和经营的特殊性，这是他此前从未接触和了解过的。

店面租金、雇工成本、进货货款……六万多的本钱很快就都投了进去，却连个水花儿都没溅起来。为了支撑饭店的经营，他中间还跑回老家，卖掉了老家的破房子，结果也是杯水车薪。因为经营不善，饭店不到半年就让他亏得血本无归。

此前空前高涨的创业热情和信心第一次被彻底击垮，因为盲目自信他铤而走险，还搭上了老家的房子，这一回彻底觉得无颜再见江东父老了。

## 绝处逢生

“那个时候整个人都颓废了，感觉什么都没有了，也看不到东山再起的希望。”2010年，王光晋独自来到杭州，在异乡的繁华中他看不见自己的未来。夜晚的西湖边上，他甚至想到了放弃生命，逃避现实。

“西湖边有一家兰州拉面馆，两天没吃饭的我实在是扛不住了，就走进去央求店老板，说我在这里给你干活，能不能管我面吃”，王光晋说得很沉重，那几乎是他前半生里最至暗的时刻。店老板是位阿姨，看出了他的心事重重，并语重心长地劝慰，“小伙子，你也不要干这个活计，你也不适合，年纪轻轻没什么挺不过去的”，大方地给了王光晋200元钱，让他回家。

陌生人的温暖让他重新拾起了希望，自己还年轻，为什么要轻言放弃！

除去60元的路费，他回到郑州花30元买了双皮鞋，花20元买个劣质皮包，置办了一身寒碜的行头，在亲戚的启发下开始跑钢材销售。

得益于自己亲戚早就在当地从事钢材生意，王光晋很快摸清楚了门路，靠着他创业中的那份坚持与坚韧，生意很快便有了起色。

在城市经济快速发展的进程中，造富的神话曾经在中国大地上层出不穷。生意红火、壮大规模、不停扩张……很难想象，在两年左右的

采摘园

时间里，王光晋从人生的谷底迅速爬上了巅峰，在那个年代率先实现了财务自由。

近2000万元的收入，足以让他风光无限、衣锦还乡。作为一个年轻人，王光晋第一次品尝到了成功的味道，那种味道是如此强烈、难忘，但是他也忘不了杭州西湖边的经历，只有经历过绝望的人，才懂得心疼自己的羽毛。

王光晋第一次想到了回馈家乡，因为当年从老家出走，甚至卖掉了家里的老宅，此时自己赚到了钱，应该为家乡做点事情，才能弥补因当年自己的莽撞造成的损失。

他捐款给老家村子修路，一修就是三条，又捐款建了一个文化广场。他把自己的小家安在郑州，不到30岁的年纪就开始了一段光鲜的人生。

哪怕是风生水起的钢材生意，也让东山再起后的王光晋始终抱有强烈的危机感。没有一门生意能长盛不衰，若要建立更加稳固的根基，就必须要优化自己的产业结构，找到更具投资前景的发展项目。

## 拓荒边疆

2010年12月，《新疆维吾尔自治区农牧业现代化建设规划纲要（2011—2020年）》印发，其中明确提出要“着力建立中央投入扶持、自治区各级财政引导、对口支援省区项目资金注入、金融贷款支持、社会资金进入、外资合作、农民积极参与的多渠道投入新机制，促进各类

生产要素向农业农村聚集”。仍然是依托“老乡效应”，王光晋再次捕捉到了这样一个发展机遇。

彼时，因为一些客观因素，最早前往新疆淘金的一批江浙沪企业家开始撤出，而作为后发力量的安徽人开始组团前往新疆拓荒。

2011年，王光晋便随着老乡大军前往新疆考察。对于生态农业种植，他是个不折不扣的门外汉，但是当他望着广袤无垠的土地还未经开垦，多年的农村经历让他感到这既是重大的机遇，又是一种责任和担当。

认准这个机会，王光晋决定尽力一搏。

他带着资金只身前往新疆喀什，没有沉湎于过去的成绩，而是决定将创业进行到底。

第一年，王光晋便投入1000多万元资金，修路、拉设电线，通过帮助政府改善基础设施建设，为这一次创业铺平道路。

在新疆当地，王光晋成了备受欢迎的外来投资兴业的企业家，而只有他自己明白这份事业多么艰难。“当时政府的要求是先要有土地上的产出，才能申办土地产权证”，这对于他来说无疑又是横亘在面前的一座大山。

吸取了过去盲目创业的教训，这一次王光晋大力引进专业技术人才，协助自己开垦拓荒、培育种苗、监测作物生长……新疆的日晒如同炙烤的火光，在他的皮肤上留下了黝黑的烙印。这样的日子过了将近一年，原本的土地里终于产出了喜人的棉花。

拿到土地证的那一刻，不胜酒力的王光晋独自爬上屋顶，对着数千千米外家乡的方向，饮了个痛快，苦去甘来的泪水流进嘴里，他已经分不清其中的味道了。

## 返乡，再闯新路

沿着畅通笔直的融城大道一路向北，20分钟即可抵达光武科技园。与城区的喧嚣不同，这里广袤平坦的土地正在积蓄着一股股力量，在创新的大潮中跃跃欲试。

2016年，他在新疆的成功经验传回家乡，引起了家乡领导的极大重视。

“农业是我家乡的基础，生态农业的尝试如果能在家乡落地，才能真正对脱贫攻坚工作起到推动作用。”王光晋说。

难以退却的这份家乡情结，让他再一次决定回乡创业，即使有着新疆的成功探索，但地域、气候等自然条件的差异，让他心里没有十足的底气。

万果园的成立，一是致力于引进新疆优质的水果进行嫁接种植；二是对收获作物进行初加工，提高农业附加值。

在合作模式上，王光晋最初采取承包合作制。把自己流转的土地承包给本村农民种植，然后再从他们手中统一回购。这样的模式，为当地村民创造了更高的收入。

万果园合作的客户，包括了国际国内最知名的方便面生产巨头企业。方便面调料包中的风干蔬菜，就来自万果园的初加工生产线。

长期的合作关系，让王光晋深知，由于缺乏食品深加工相关资质，他暂时无法将业务拓展到更深的层面，从而也无法给农民创造更高的收益。

在努力争取相关资质的同时，他选择进一步深度开发生态农业组合模式来扩大经营。新疆引进的阿克苏香梨已经成功推向市场，其甜度、含水量都超过了本土产品，因而受到了市场的青睐。

此外，受到一线大城市乡村生态旅游的启发，王光晋也在万果园中开始了生态农家乐的尝试。一方面，追加投入进行基础设施和旅游设施的升级；另一方面，将自家种植的无公害蔬菜送上餐桌，丰富人们的

周末休闲体验。

2020年11月，在界首（上海）离岸科创中心举办的题为《青年企业家如何创业、守业、拓业》的企业家沙龙上，王光晋分享了返乡几年创业的心得与感悟。因为“家乡”二字，这一次创业不同于他以往的经历，因为责任感和使命感让他每一步都稳扎稳打、步步为营。在万果园简易的办公室中，他对于整整一面墙的荣誉轻描淡写。这些年，因为爱心捐赠和取得的成绩，他荣获了“中国好人”等多项殊荣，但是他深知带动家乡脱贫才是创业的重中之重。作为一名正在创业路上的追梦人，他对于企业家精神更是有着一番别样领悟。

“未来企业的发展，

绝不能再局限于挤压利润的无序竞争环境，

而更需要彼此之间的携手合作、资源整合，

形成区域产业合力。”

**王丽丽**

安徽宜民服饰股份有限公司董事长

# 王丽丽：
# "穿"越风尚逐新潮

文/戚飞　摄影/姜威

原为界首霖源职业培训学校教师的王丽丽，紧跟政策及产业发展风向，以前瞻性的眼光力促职业培训学校向校办工厂转型，终于实现了个人梦想的蝶变。

在东城科技园，安徽宜民服饰股份有限公司的全新厂房整齐林立，四幢标准化建筑按照功能属性和业务分工进行了精细化布局。远处一幢已经落成即将启用的高楼，是未来宜民服饰的原料和新产品研发中心，也寄托了王丽丽新的目标和梦想。

## 为人师表，授人以渔

若要更深入地了解宜民服饰的发展历程，就不得不提到创办于1985年的界首市霖源职业培训学校。

界首乃至阜阳地区是国内主要的劳务输出地之一，自20世纪80年代起，外出务工人员的数量逐年增多。为了更好地承接来自江浙沪地区的纺织产业用工需求，王丽丽的母亲创办了霖源职业培训学校，主要从事各类技术工种的教育培训和劳务代理。

王丽丽曾经也是这所职业培训学校的学员，专攻工业纺织及服装设计。从该校毕业后，她进过工厂，体验过一线工人的辛苦。后来，出于自己的兴趣所在，她选择返校任教，成为一名专职培训教师。

“那时霖源学校的需求旺盛，当地大多数外出务工人员都能通过在校培训和用工对接，得到去浙江纺织企业务工的机会。同时，学校还负责输出劳务的跟踪服务。”王丽丽介绍，同业中起步较早的霖源学校也树立起了自己的口碑。

彼时的王丽丽不仅对服装行业有浓厚兴趣，在工作岗位上也格外用心，通过参与策划招生、培训教学、就业安排等，一步步积累着自己的专业技能。

因为业务能力较为突出，2006年，王丽丽被界首市政府授予“优秀先进个人”称号，为此后成为霖源的业务校长奠定了基础。在全面负责教育培训工作的这段时间，年轻的她开始逐步学习管理方面的相关知识。

2010年，随着《国家中长期教育改革和发展规划纲要（2010—2020年）》的出台，中等职业教育纳入国家免费教育范畴，无论是在办学资质还是学费收入等方面，政策的调整对于霖源这类民办职业培训学校都产生了较大影响。

考虑到当时产业发展的趋势，江浙地区的大型纺织企业出于降低劳动力成本的考量，从过去的引进务工人员转向廉价劳动力聚集地区异地办厂。

这也给了王丽丽和家人新的启发。长期的劳务培训和输出，已经让他们接触到很多一线纺织企业，并且因为是岗位技能教育的专业机构，校内设施基本上是按照工厂所需的工艺流程完全复制的。因此，从某种程度上说，他们完全具备了从学校向企业转型的软硬件条件。

“当时的模式实际上是订单化生产，只要能够承接订单，学校就可以转化为校办工厂进行生产”，对此王丽丽看准这个先天优势和时机，决议向校办工厂的模式进行探索和转型。

## 标准化，新跨越

2015年，王丽丽迎来了事业的新高峰，宜民服饰的雏形也已清晰。

彼时，界首市东城科技园初见规模，已经按照校办工厂模式稳健发展五年的霖源工厂，抓住机会向标准化建设看齐和迈进。王丽丽深知，通过多年来与江浙沪一线纺织企业的业务往来，只有形成自己的标准化生产和经营体系，才能突破订单化生产、作坊式运营的桎梏。

如果迁入园区，一方面有着政府营商政策的大力扶持，另一方面也便于企业能够享受园区完善的产业链条配套。这一点，王丽丽并非不清楚其中的优势所在。

在界首市政府大力发展实体经济，大力扶持返乡创业的背景下，王丽丽想方设法引进外部投资1600万元解决资金难题，在2015年11月正式成立安徽宜民服饰有限公司。

受益于政府为他们提供的创业“孵化器”，宜民服饰从成立到投

产再到正常经营，不到半年的时间，有了现成的厂房，年产量可达80万件。同上海、浙江、江苏、香港等各外贸公司建立了业务合作。

"宜民服饰"，这个名字的由来，也寄托了王丽丽及家人对这份事业的深厚感情和无尽期望。"一是寄托了母亲始终怀有的普惠乡亲之夙愿，另一层面是分别择取了王丽丽两个孩子名字中的谐音，代表了一位母亲对于事业如同对待孩子的那种真情实感。"

## 服装业的未来

至今，王丽丽不认为自己能被称得上“企业家”的称号，而是始终作为一个行业“学习者”，来不断完善和充实自己。

“界首市委、市政府提出的‘人人都是创业者’营造了空前热烈的双创氛围，无论是市一级还是开发区、科技园都给出了具备实质性内容的扶持政策，对于我们来说确实是迎来了跨越发展的最佳良机”，在王丽丽看来，家乡虽然不比北上广，但从创业的环境和政策上来说，却丝毫不逊色。

在她的带领下，大力推动招商引资，由河南恒远建设工程有限公司投资，实施“年产200万套系列服装生产线”项目和“年产2万吨高端棉纺织品”的生产规模的项目已于2016年4月26日奠基兴建，其中四栋厂房约35000平方米，于2018年10月竣工投产。

在企业用工方面，王丽丽将自己更加开放包容的想法带入宜民服饰的管理当中，力求将服装这个传统产业能够做出更多的不传统。“以人为本，这是我最为崇尚的一种管理模式”。为此，在王丽丽的主导下，宜民服饰在员工关怀方面做了很多努力与尝试。

因为服装企业主要是以女工为主，她们在家门口就业，为了让她们照顾好家里的老人和孩子的同时实现自我价值，王丽丽总是提前安排部署生产计划，合理调配休息时间，让女工们有时间陪伴家人，以及在传统节日加餐发放礼物，使员工在企业安心工作的同时，更能感受到家庭般的温暖。

NEED
TALK

她持之以恒的努力，终在宜民服饰产生了良性的连锁反应。在很多年轻女工的眼中，80后的王丽丽并没有高高在上的老板姿态，而是更像她们可以信赖、交往的姐妹和闺蜜。

她常说“感恩是最大的财富”。在社会责任感方面，王丽丽始终强调回馈社会并积极参与公益，自2017年开始资助贫困大学生，关爱残疾儿童，荣获“关爱儿童爱心大使”称号。

在订单生产加工方面，王丽丽从过去传统企业的“来者不拒”，开始转向从中筛选对企业经营有利的优质订单。

“并非所有的订单我们都能挣到钱”，一线服装企业受制于激烈的市场竞争，以及运输、店面租金、人力成本等多种不利因素，不断压缩代工企业的利润空间。而像宜民服饰这样的企业，却在产业链中没有多少实际的话语权。

为此，王丽丽近年来不断深入国内发达地区，主动接触绫致服装等大品牌和上规模的企业，积极承接他们的优质订单，不断为宜民服饰拓展更多的生存空间。

在未来规划方面，王丽丽的心中早就擘画好了蓝图。

宜民服饰的四幢厂房，她已按照大型服装企业的模式进行布局，包括原料纺织车间、成衣加工车间、电子商务部门、服装设计部门、市场营销部门、新产品研发部门，各部门各司其职，共同为宜民服饰的将来奠定发展的根基。其中最为重要的规划，就是那幢即将投入使用的研发大楼。

“服装行业的发展，一方面将是满足个性化定制；另一方面则是顺应功能属性的新材料研发方向”，王丽丽坚持改革创新依靠科技进步与科学管理，积极开展校企合作，由高端的专家团队，创新研发成果落地转化，便是宜民服饰实现高质量发展的动力之源。

## 让美丽更宜民

在当地主政者的发起和组织下，界首企业界的学习交流氛围愈发浓郁。无论是定期举办的“界首企业家读书会”，还是2020年11月新揭牌成立的界首青年企业家协会、界首青年创业者协会，都成了当地企业

家、创业者增进交流与沟通的平台。

对于热衷于服装设计的王丽丽，不仅喜欢亲自动手，还乐于为自家服装“代言”，身上的衣着，正是自己精心设计、自家生产的服装。而在创业历程中，她更是不忘初心，始终抱有炙热的情感。从某种意义上说，正是因为对服装设计的热爱，才驱使着她对创业怀有饱满的热情。

肩负着企业发展的重任，王丽丽深知自己不能将这份热爱仅仅作为个人爱好，而要通过自己能力的提升，带领宜民服饰驶入发展的快车道。所以，像当年从事培训教师时一样，强大的学习力始终没有从她身

上消失和褪色。近年来，王丽丽先后取得：服装设计定制高级工、纺织服装定制考评员等证书；并修完安徽工程大学经济管理系、北京大学工商管理EMBA总裁研修班，希望通过自己管理经验的提升，构建起宜民服饰内部更为宜人的管理环境。

正如公司里醒目的“宜民文化”：

“有制度可循，有制度必依，执行制度必严，违反制度必究。”

“员工与企业共成长，企业与员工共分享。”

“争创一流管理体系、一流产品质量，一流顾客服务，一流品牌形象。”

这不仅仅注入了王丽丽对这份深爱事业的情感，还有一个更大的心愿，就是希望通过企业的发展，带给家乡更多就业的机会和合作共赢的可能。

在她的主导下，宜民服饰继续拓宽视野、打通思路，突破了“订单加工”的单一盈利模式，自创的服装品牌“宜夫人”“渔子佳缘”等也开始在业界崭露头角。

二十年扎根服装加工行业，也让王丽丽对界首当地的产业环境有了更加深刻的认知。“未来企业的发展，绝不能再局限于挤压利润的无序竞争环境，而更需要彼此之间的携手合作、资源整合，形成区域产业合力，从品牌厂商那里争取更多的空间。”

“我现在最大的收获就是孩子的成长，

以后还要继续努力去影响身边的人。”

## 肖志标

安徽传诚家庭文化传播有限责任公司总经理

樊登小读者

# 肖志标：
# 最是书香能致远

文/孙书文　摄影/姜威

“婚姻的本质是什么？为什么争吵都是无意义的？在婚姻关系中什么才是最重要的？”

2021年2月28日下午，在一场主题为“夫妻关系如何经营”的讲座上，主讲人、安徽传诚家庭文化传播有限责任公司总经理、樊登读书界首会长肖志标以这三个犀利的问题开场，让听众陷入深深的思考之中。

这场家庭教育讲座由界首市总工会主办。讲座中，肖志标通过婚姻的本质、如何处理愤怒情绪、婚姻关系中的内省、爱的五种语言等四个方面来剖析亲密关系，以生活中发生的典型案例为依托，深入浅出地讲解夫妻之间、家庭成员之间要多用肯定鼓励的话语，要善于倾听、善于表达，以保持夫妻关系和谐稳定的秘籍。

这样的家庭教育类讲座，肖志标每年都要做几十场，有些是面向孩子的读书分享，有些是面向家长的婚姻关系、家庭教育的公益讲座。

“我做家庭教育推广，是想唤醒一些家长。我相信家庭教育行业发展得越好，这个社会发展得就会越好。”已从事家庭教育行业四年的肖志标说。

## 一年只卖两次会员

2016年，被称为知识付费的元年。在这一年，多家知识付费平台相继出现，知识付费的用户迅速增长，知识付费产品出现“井喷”，逐渐形成樊登读书、喜马拉雅、得到三足鼎立的局面。

2017年，一次偶然的机会，让肖志标接触到“樊登读书”APP，被樊登正在解读的美国教育家简·尼尔森的经典之作《正面管教》所吸引。

“自从读了《正面管教》这本书之后，‘和善而坚定’这五个字便深深地印在了我的脑海之中。阅读这本书的过程也是一个正确有效的不断回顾和反思的过程。对于家长来说，这本书可以教会我们成为更加称职的父母；对于教育从业者来说，它可以教会我们如何成为更加合格的老师。”

肖志标从此成为樊登读书的拥趸，并唤醒了他从事教育的愿望。

对肖志标来说，当时考虑从事教育行业也有一个重要原因，儿子已满三岁，面临着学龄前儿童教育问题。“我觉得从事教育比赚点钱更重要。”出生在农村的肖志标，对于教育的重要性有着深刻感受，教育资源的匮乏和教育理念的落后让一代又一代的孩子错过了太多成长的机会。

2017年底，肖志标创业转型，开始从事文化教育领域工作，全身心投入建设樊登书店和家庭教育服务中心，开启了界首市本地区域内文化创意的先河。

三年的时间，肖志标在界首地区开展了读书活动80余场，家庭教育公益讲座近100场，参与公益捐赠15次，大型活动近10次，并且由界首团市委授牌成立了“界首读书会|樊登书店·悦读驿站”，在推广阅读的道路上，又提升了一个台阶。在界首读书会举办的首届“阅读马拉松”比赛中，肖志标获得一等奖，被授予“敏思笃行者”称号。

界首读书会已经成为界首这座皖北小城的文化名片。它成立于2018年4月23日，由界首市委、市政府发起。成立两年多来，界首读书会分会如雨后春笋般发展，已达260多家，读书会各类活动达1万余场次。

在这座书香浸润的城市，肖志标凭借先进的教育理念和优质内容的输出，又参与建设了界首读书会·农村农业局分会、融媒体分会、界首一中分会、界首三中分会、住建局分会。

开一家书店，势必要考虑如何盈利的问题，肖志标的回答却出人意料。

“不盈利！我们书店主要服务樊登读书界首区域的会员，还有实体书店会员，提供免费借阅，可以参加线下的公益讲座和交流活动。”书店还有个原则让肖志标引以为傲，“我们书店从不卖教辅资料”。

据了解，樊登读书APP每周更新一本与家庭、事业、心灵有关的优质书籍精华解读，以视频、音频、图文等多种方式呈现在APP内，让没有时间读书、不知道如何选书和希望通过读书来提升自我的人群，能够每年吸收50本书的核心精华内容，通过知识的传播改善自我。截至2021年4月，樊登读书用户已经突破4500万。

不过，单纯靠线上讲解课程，并不能完成“从学习到学会”的知识

闭环，也无法形成持续学习的氛围。

于是，不少付费平台开始与线下实体书店合作，邀请名师为会员分享知识和授课。樊登书店应运而生，继承樊登读书的互联网社群知识基因，基于线上知识付费用户对线下阅读学习的需求，运用新零售和复合业态的原理，打造人、货物、应用场景相结合的新业态书店。

截至目前，全国已设立了200多家樊登书店，遍及全国88个省、

樊登读书
SPIRITUAL WEALTH CLUB

区、市，以满足线上知识付费用户对线下阅读学习的需求。目前，肖志标服务的樊登读书会员有2000多位。

肖志标表示，不想通过讲座活动做营销，让别人付费、续费，“如果他觉得需要学习，愿意加入樊登读书，我们当然欢迎，但讲座时，我们从来不做其他的营销活动”。

肖志标的书店每年只做两次大范围的会员推广活动，一次在4月23日读书日，一次在“双11”大促。“这跟我个人的经营理念有关，我不想把教育或者文化做得像纯生意一样，我也不想通过家庭教育来赚钱。”

## 确定下半生的事业

全国政协委员、著名教育专家朱永新多年来关注家庭教育话题，为青少年的健康成长发声。朱永新曾说：“在所有的问题儿童身上，都可以找到他们家庭的原因……家庭教育才是我们整个教育链基础的基础，关键的关键。”

而肖志标开办樊登书店的初衷就是把自己的孩子教育好的同时再影响身边的朋友。“我现在最大的收获就是孩子的成长，以后还要继续努力去影响身边的人。”

肖志标的儿子已经六岁多了，肖志标用科学的育儿方法对儿子进行引导、教育，也是他家庭教育自我实践的一个重要起点。在采访间隙，缺了一颗门牙的小男孩用稚嫩可爱的语气请示爸爸店里有客人到访，显得温和有礼。

这几年来，相比其他孩子，肖志标的儿子在沟通、自主阅读、语言能力、英语训练等方面都有了较大的提升，肖志标成就感满满："这也是我从事教育事业最大的安慰，希望在家庭教育的路上，自己先受益再分享。"

正是基于此，肖志标已经将家庭教育确定为自己下半生的事业，"我想把大部分时间和精力花在家庭教育培训上，我觉得比较有意义，远比我以前给大家提供互联网的技术服务挣点钱更有成就感、价值感"。

在阜阳地区，肖志标还是个小有名气的创业达人。

2008年7月，肖志标毕业于安徽商贸学校会计系会计专业。2010年在上海从事互联网创业，联合创办了最低价网，获得YBC雏鹰计划资金扶持，并且多次获得创业创新大赛奖项。

在创业的路上，肖志标的脚步一直没有停歇。

2012年末，肖志标回乡从事互联网电商创业，并在2017年、2018年、2020年阜阳市"阜创汇"电商技能大赛中均获得第一名，2017年代表阜阳市获得省赛第三名，被阜阳市政府和人社局多次授予"阜阳市技术能手"称号。

"'阜创汇'到2020年已经举办四届，阜阳市人社局官网刚刚公布的数据表明，我们团队凭借三天的直播销售今年又拿下了第一名。"凭借自己的电商技能与朋友一起经营的抖音直播、电商运营等板块是肖志标"挣钱的生意"。

在肖志标看来，"阅读推广是兴趣与责任，不能当成生意来做，毕

竟短时间内是看不到收益的”。

传承家庭文化从事的阅读推广主要有两类，其中中文阅读有樊登读书、小读者学堂以及线下《论语》等国学经典诵读活动及各类读书分享；英文阅读有iEnglish类母语的语言训练系统。

肖志标做阅读推广近四年来，感触最深的是，成年人阅读量奇少，对孩子早期阅读认识不够，以及根本不知道如何帮助孩子养成良好的

阅读习惯和打造孩子受益终身的自主阅读能力。“大家都知道读书重要，家长尤其认为孩子读书重要，却不觉得自己读书重要。很多家长宁愿给孩子花钱报辅导班，却不想通过自己多学习来陪孩子终身成长。”

在这三年的时间里，肖志标自己也持续不断地学习有关阅读的专业知识和家庭教育的科学理念，先后通过了美国正面管教协会的考核培训，并且获得了正面管教认证讲师的资质认证，又参与了新东方家庭教育的专业培训和考核，获得了中国青少年研究中心颁发的家庭教育（高级）指导师的资格证书和新东方家庭教育培训的结业证书，在推广

阅读和家庭教育的路上，不断磨炼自己和提升专业素养。

“目前，新东方家庭教育的培训在国内是最专业的。中国青少年研究中心颁发的家庭教育指导师的资格证书是国家唯一认可的。教育不是儿戏，教家长教育孩子更是一项大工程。”肖志标介绍说。

肖志标平时利用各种碎片化的时间读书，每年大约要阅读60—80本书。每次出差，肖志标都会随身带一两本书，他阅读速度也很快，出差来回两本书可以读完。

2021年，肖志标给自己定下的阅读目标依然是80本书，他立志在家庭教育领域不断深耕，持续不断地开展家庭教育公益课堂，点醒更多的家长，帮助更多的家庭解决问题，让更多的孩子能幸福成长。

腹有诗书气自华，最是书香能致远。肖志标坚信，推广阅读是一件利国利民的好事情，对于社会进步有很大的推动作用。“让更多的人通过读书改变生活，让更多的家庭能重视家庭教育，能重视孩子的早期阅读”。

在肖志标的职业生涯规划中，余生他都会将时间和精力投入到阅读推广和家庭教育中，相信未来阅读之风能吹遍社会各个角落，终将实现“第一等好事还是读书”。

“经纱纬纱的交错，
可以织出美丽的织物，
唯有初心和使命的坚守，
才能书写无悔的人生。”

**杨双建**

界首市双鑫纺织有限公司总经理

# 杨双建：
# 要做就做“实力派”

文/孙书文 摄影/姜威

“对于每个家庭来说，纺织品都是日用消耗品。国外市场因其消费习惯与国内的差异，无论规模还是频次原来都要远高于国内市场。经过这次疫情的影响，我们在以国内大循环为主体、国内国际双循环相互促进的新发展格局中，找准了双鑫的战略定位。”正是因为过去对外贸业务的过分依赖，杨双建在后疫情时代有了企业发展转型的深刻思考。

## 用毛巾敲开欧美市场大门

在界首东城科技园的双鑫纺织公司展厅内清一色都是高端棉纺织日用品。毛巾是这家企业一直以来最重要的拳头产品。

“双鑫”“超鑫”齐头并进，双鑫纺织以这两个品牌，通过承接海外订单，成功敲开了欧美市场的大门。

受众的消费习惯决定了高档纺织品的主要消费市场都在欧美国

家，在国内则主要是高档酒店才有少量的采购需求。“不得不承认，欧美人对于日用纺织品的使用要求和频率都远高于国内，他们一方面注重纺织日用品的品质，另一方面则是更加频繁地更换新的日用纺织品。”

长期为海外市场订单服务，让杨双建不仅摸索出了一条清晰的市场规律，更对健康理念在国内的普及程度颇有感慨。

“西方人选择毛巾、浴巾，一般要求都是深色、纯色，柔软亲肤的高端产品，而国内消费者则更倾向于白色、米色等浅色产品”，这样的消费差异，对生产企业来说却有着完全不同的成本和压力。

“首先是浅色毛巾实际上对企业来说生产流程更加简单、成本更低，一条白色毛巾在我们漂洗的过程中，也许10次左右即可达到要求，然而深色产品却需要漂洗20—30次才能达标”，此外，国内消费者通常习惯于一条毛巾用到破损才淘汰换新，西方人在这方面更加遵循健康卫生的规律，同时也对使用场景，例如洗澡、健身、游泳等不同的使用场景进行了区分使用。

根据此前媒体的相关报道：国人毛巾使用平均1.2条/年，这个数量低于欧美国家7倍，低于日本6倍。

海外市场高频次的消费需求，为双鑫这样的国内传统纺织企业带来了难得的发展机遇和空间。国内完整的外贸出口产业链也为双鑫铺平了道路。

“我们都是通过合肥的外贸出口企业进行订单承接，只要它们那边有订单，我们这边就开足马力生产，其他的报关、出货、运输等，都是由它们负责完成。”

## 降本增效，行稳致远

传统纺织行业具有产业链长、利润率低、行业竞争激烈、回款周期长等现实特点，双鑫的未来要走得更高更远，杨双建所考量的首先是优化现有的生产流程、工艺以及市场布局。

“2020年的疫情之后，双鑫纺织是本地园区内最早复工复产的企业之一。”杨双建说，几十个工人要面对养家的压力，企业这么大的摊子更是难以承受长期停工的损失。然而，因没有提前准备，库存原材料仅能支撑1个多月让双鑫的生产线面对的是随时再次停工的尴尬局面。

“当时最大的难题就是原材料，因为疫情的影响，对纺织原材料的需求暴增，传统纺织企业甚至出现了拿着现金也要排队等原材料的窘况。”因为行业过去长期存在的一些惯例，像双鑫这样的生产型企业，往往是通过银行贷款支付原材料款，等到销售回款到位后再偿还本息。

突然出现的原材料紧俏问题，需要双鑫提前垫付原材料款，然而因为原材料的供货周期被拉长到原来的几倍，“这中间就让我们不得不面对银行利息和其他费用的产生，这个费用是企业无形中额外需要背负的压力”。

突如其来的新冠肺炎疫情，几乎给所有的中国企业和企业家都上了难忘的一课，这一课既关于产业布局的合理性，更关乎企业抗击风险的能力评估。

杨双建介绍说，虽然整体算下来，2020年总订单量并没有比往年减少太多，但必须要考虑到的是，其中包含了此前积压下来的订单，算是冲抵了一部分损失。

实际上，因为海外疫情的大规模暴发，让国内大多数依赖外贸的

企业都感受到了“过山车”般的体验。部分因为疫情而取消的订单，以及回款延期问题，还是给许多国内纺织企业带来了困扰。

“中国作为纺织品大国和纺织品出口大国，实体经济一定是未来的重中之重。”杨双建对于经济和政策有着超出他年龄的清晰研判。“倘若大家都去搞投资，实体经济谁来做，所以我们必须要坚守自己的本业。”

“我们顺应着行业发展的良性趋势，顺势而为，乘势而上，而我最为看好的就是‘绿色纺织’。”面对由纺织行业的无序竞争导致的困局，杨双建认为，必须从质量、创新入手，才能让双鑫行稳致远。

## “让传统行业不平凡”

“此前双鑫产品主要集中在传统纺织日用品，从原料到工艺再到质量，保障了企业十余年的稳健发展。”在杨双建看来，父辈自创业开始，就带着传统纺织行业最宝贵的经验和财富，也一直坚守着这个行业的初心和使命。如今，重担落在了自己身上，他选择通过创新带领双鑫走向一个全新的未来。

聚焦新型材料的功能性纺织产品是杨双建看准的趋势。伴随着抑菌、抗病毒、光催化、三防技术等对传统纺织原料的赋能，未来的纺织日用品将会在使用场景上出现越来越多的细分市场。杨双建观察发现，疫情后人们的健康管理理念出现前所未有的提升。

为此，年轻的杨双建选择与研发机构合作，开发具备新一代“黑科技”的纺织原材料。

大学纺织专业出身的杨双建对于产学研的合作格外重视。东华大学、南昌大学、安徽农业大学成了双鑫纺织的合作机构。由他作为第一完成人、与安徽农业大学轻纺工程学院合作的科研项目，也荣获了安徽省科技进步奖。

“以产品为王，从过去依赖外贸出口，转向开拓国内市场。目前双鑫所有的新产品，都是靠技术来驱动产品的研发，现在拥有10项发明专利，就是希望通过现在的投入，来换取长远市场的认可。”双鑫的创新之路，首先瞄准了补齐自己的短板。

传统纺织企业的利润增长依赖于人力成本的低廉，而现在仅凭这些已越来越丧失了竞争力。劳动作为企业生产经营的重要要素，如果人力成本上涨过快，会直接降低企业的盈利能力，甚至会导致一些竞争力较弱的中小民营企业面临盈亏平衡问题或处在破产的边缘。

对此，杨双建也将疫情之后很多企业所推崇的“共享员工”模式引入双鑫。虽然不是严格意义上的“共享”，但是对于订单生产型的企业来说，能够灵活调用劳动力，将对企业的成本控制产生积极的意义和效果。

## 创业“实力派”

很难想象的是，杨双建身上有着强烈的“纺织情怀”。

从小便在父母创办的纺织企业里耳濡目染，按照他自己的话来说，整个童年的关键词就总是“纺织、纺织、纺织”。

家庭的熏陶带来了有益的化学反应，虽然父亲做主为他在大学选择了纺织专业，但这也是杨双建自己的心之所愿。因为喜爱，所以在整个学习过程中，他就如同一块海绵，在吸收知识的过程中充实着自己的创业实力。

“那时我在学校有着自己的优势，课堂上学到的概念我早就听过，即便遇到暂时不明白的，我就打电话向父亲请教。”

为了能将这份全家珍视的纺织实业接下来，继而发扬光大，杨双建没少下苦功夫。他后来专程到浙江大学总裁班进修，以夯实基础，提高能力。

父亲对于他的培养，同样倾注了自己对于纺织行业的深厚感情和一生的坚守。为了扩充行业视野，提升技术水平，父亲鼓励杨双建不仅

参加了中国创业大赛的纺织类竞赛项目，还在国内一线行业论坛中亮相交流。通过一系列的铺垫，年轻的创业者杨双建积累了宝贵的经验和人脉，同时也拔高了他对于这个行业的理解。

“2018年参加全国的创业大赛令我印象深刻，从省内的初赛、半决赛、决赛，到国家层面的初赛、半决赛、决赛，一路过关斩将下来，有各级专家委员会对项目把脉，对于项目来说也是一个非常难得而且可以不断完善的过程。”

这样的经历，让杨双建对于人才的赋能作用充满了渴求。

在国内的纺织新材料基地宁波，一个企业合作的院士、专家可能就有数十位、上百位，在这种科研实力的加持下，具备黑科技的新材料不断从理论变为实际，引领着国内纺织行业的发展。

“过去都是传统行业，产品也都是传统产品，原材料都高度雷同，竞争主要依靠压低成本换取利润，未来还能怎么发展？”杨双建提出这样的反问，倘若我们自身有研发和生产新材料、新产品的能力，创新产品不断推向市场、占领市场，才真正拥有了能够立于行业不败之地的实力。

对于双鑫的未来规划，杨双建以前瞻性的眼光，提出主动拥抱资本、接受大企业并购的大胆设想。地方性中小企业无论在人才虹吸能力和研发投入等方面，都难具有明显优势，通过以上这些方式，才能实现借船出海、产业升级。

同时，前卫的理念让杨双建对于资源整合和共享的宽容度更高。“界首创业政策的扶持、创业环境的营造为我们创造了利好，唯有抱团发展、取长补短，才能实现彼此发展的步伐更快。”

对于创业，杨双建不想凸显情怀，而笃定做个“实力派”。

“经纱纬纱的交错，可以织出美丽的织物，唯有初心和使命的坚守，才能书写无悔的人生。”杨双建信心满满。

“未来，

我们要向产品细分化的方向发展，

不断刷新核心竞争力。”

## 应坤

安徽正基生态农业有限公司总经理

# 应坤：
# 为了脚下的这方土地

文/邵梦　摄影/刘姜

18岁当兵时，他的使命是保家卫国。

33岁创业时，他的职责是攻坚克难。

年近不惑，回望自己当过司机、干过经理、卖过煤炭的峥嵘岁月，正视自己作为一名从军营里走出来的企业家身份，安徽正基生态农业有限公司总经理应坤有了更为高远的志向：守护家乡的绿水青山。

深耕于秸秆有机肥行业，向有机水果种植下游延伸……过去7年间，他从未懈怠，也从未停下进军绿色农业的脚步，哪怕让他放弃稳定的天能电池界首总代理身份，哪怕他将倾尽所有，哪怕市场并没有向他笑脸相迎……

在他身上，展现的是中国军人的吃苦耐劳和坚定信念，是新一代创业者的杀伐果断和独立自主，是界首人对家乡的热爱、对土地的眷恋。

绿水青山就是金山银山。应坤正乘着绿色农业的春风，成为界首市杰出的绿色卫士；界首，在“应坤们”的保驾护航下，向着“盘活绿水青山、共享金山银山”的和谐城市不断迈进；农业，在“应坤们”的开拓进取下，在绿色、科技、循环的创新之道上阔步向前。

## 庄稼一枝花，全靠肥当家

隆冬腊月，呼啸的北风穿过皖北平原，哪怕天空是阳光普照、晴朗明媚，也无法驱散这凛冽的寒意。

此时在界首市王集镇李彬村，安徽正基生态农业有限公司的草莓大棚里却暖如阳春，一颗颗鲜红的草莓挂在碧绿的枝叶间，越发显得娇小可爱，一派生机勃勃，让人不知今夕何夕。

2020年夏天，应坤流转了120亩地，摇身一变成了应季水果的种植大户。

“庄稼一枝花，全靠肥当家。”与传统果农的不同之处在于他的土壤，这是添加了秸秆有机肥的营养土，不仅能够有效改善土壤酸碱性，更能够提升作物的有机含量，天然无污染。

“我们的草莓不用洗也能吃。”应坤弯腰摘下一颗草莓，立刻扔进嘴里。

距离此处约20千米的砖集镇刘楼村，正基生态农业的有机肥生产

基地正在如火如荼地运转着，掺土、打碎、发酵、高温杀菌……一道道工序井然有序而又热火朝天。

从有机肥研发生产到水果种植的产业链延伸，应坤正带领正基生态农业走出一条别具一格的绿色农业之路。

从天能电池界首总代理到退役军人企业家，对他来说，一切并不那么容易，一切又顺理成章。

2012年，空缺了一年的天能电池界首总代理职位终于有所归属，担纲大任的正是刚回到家乡界首的应坤。

从零开始，到年销售1000万元，应坤仅仅用了三年时间，“界首市每卖出一块天能电池必经我的手”。

每年数十万元的收入原本可以让他安逸地偏安于皖北一隅，他却不以为然，“做得再好也不是自己的东西”。

他不想再依靠大树，哪怕前方是丛生的荆棘，也想独自去闯一闯。恰逢此时，一次说走就走的旅行给了应坤一次改变的机会，也成了他事业的转折点。

在江苏宜兴的亲戚家，一场界首老乡的私下聚会上，他遇到了一个久未谋面的朋友。酒过三巡、一阵寒暄过后，二人渐渐热络起来。

他方才得知，这位朋友所从事的秸秆芦苇综合利用生意正风生水起。

也正是在此时，应坤第一次被科普了关于有机肥的知识。原来利用芦苇、稻草等废物的发酵也能够做出营养土、有机肥。

生物有机肥不仅可以“变废为宝”，通过就地取材有效利用农业废弃物，减少对环境的污染；还能够改良土壤、有效提高作物产量和品质，降低种植生产成本。

回到界首后，应坤立刻展开调研，并发现，生物有机肥富含大量有机物质、有益微生物、中微量元素和土壤改良调理剂，借助微生物作用能够把土壤中的有机物分解转化成有机胶体，使土壤变成稳定的团粒结构，长期施用能改善土壤理化结构和保水、保肥、透气性能，达到提高有机质含量、保水透气、培肥地力的作用。

此外，生物有机肥提供作物生长有机营养全元素，抑制各种病原菌繁殖，降解土壤中残留的化肥、农药、重金属和其他污染物，减少农药和化肥用量，提升作物的绿色有机品质。“通过量化数据可以看到，生物有机肥种植的作物养分吸收利用率比传统肥料高30%左右，减少化肥施用量30%—50%，比使用传统肥料增产20%左右。”

一个秋意渐浓的午后，他驱车途经界首郊区。望着远处阡陌纵横，成堆的秸秆散落其间，他心中一动：界首秸秆资源如此丰富，何不用作发酵有机肥？

事实上，深处淮北平原的界首市，农作物种植面积常年保持在8万公顷左右，秸秆年产量高达60万吨。秸秆禁烧的压力可见一斑。

如何综合利用好这些宝贵的生物资源，提高秸秆资源化利用率，成了界首市多年的“烦恼”。

公开数据显示，2015年全市仅小麦秸秆总量就达到29万吨。

尽管通过短茬收割、粉碎还田、免耕直播，其综合利用率已经达到100%，但直接粉碎还田的部分就有26.1万吨，占秸秆总量的90%。

“这意味着既有的秸秆循环利用附加值低，秸秆能源、秸秆基料化的利用率同样不高，探索秸秆综合利用新途径势在必行。”应坤意识到，出手的时机到了。

## 开弓没有回头箭

这一年，他辞去已干多年的电池总代理，斥资200万元一手创办了安徽省正基生态农业有限公司，并将工厂建于界首市砖集镇刘楼行政村、界首市王集镇李彬行政村，以农业废弃物秸秆为基础原料，添加畜

禽粪便及各种辅料，加工制作营养土和农家肥。

起初，工厂非但没有产出，每年还要投入四五十万元进行研发，应坤几乎将过去多年的积蓄全部砸进去，“真是‘一夜回到解放前’”。

但开弓没有回头箭，一旦开始了，他便从未想过放弃。这一坚持，就是两度春去秋来。

然而，这边厢，他的研发成果新鲜出炉，一口气申请了15项秸秆综合利用、有机肥生产方面的专利；那边厢，市场的冷淡却立即浇灭了他刚蓄满的一腔热血，“尤其是大公司，不敢大规模尝试”。

再多的豪情万丈此时也只剩下一襟晚照。

正是这一襟晚照，令应坤置之死地而后生。市场不认可，他只好凭一己之力一点一点敲开市场的大门，哪怕是一扇窗也好，甚至自掏腰包，成吨成吨地赠送给客户试用。

他至今犹记得正基生态农业的第一个客户——界首市当地的一个西瓜种植大户。

在应坤承诺承担减产率超过10%的全部损失时，这个种植大户终于不再迟疑，决定拿出一亩地来尝试。

应坤当时想的是，买下10%减产量，损失不过万元。可一旦得到了客户的认可，那将是“星星之火”，这个风险值得冒！

后来的事实是对他当初这一决策的最佳诠释。

随着政策春风徐徐吹来，应坤的坚守终见曙光。2016年，农业部出台《关于推进农业废弃物资源化利用试点的方案》；2017年，农业部开展了果菜茶有机肥替代了化肥，在全国选了100个县，每个县补贴1000万元用于支持有机肥施用；2018年，有机肥补贴全面启动……

掘金这个千亿市场，应坤可谓测对了方向。

2018年，正基生态农业产值达200万元；2019年，产值达300万元；2020年，产值首度突破千万元大关……

“砖集镇刘楼的分工厂全负荷运转，一年能生产有机肥1万吨。但是，囿于秸秆原料不稳定等因素，现在年产能在5000吨左右。”应坤透露，公司目前年利用秸秆2.5万吨、畜禽粪便1.5万吨，年产营养土2万吨、农家肥2.2万吨。

最让他感到引以为傲的是公司厚积薄发的研发能力。截至目前，正基生态农业共有发明专利26项、实用新型专利6项、软件著作8项、注册商标6项。自主研发了“一种适用于浅栽植物的花卉营养土”“一种农业用秸秆回收粉碎一体化装置”，发明专利已经授权投入市场。2018年该公司被认定为安徽省高新技术培育企业；2020年被评为安徽省科技型中小型企业……

不仅如此，不断壮大的正基生态农业还带动了当地的就业和增收，其中带动退役军人35人就业、帮扶贫困户65人脱贫、帮扶退役军人4人创业。

## 吃水不忘挖井人

2020年，正基生态农业已在界首市王集镇王彬庄和芦村镇芦村村增设两个分厂，一旦投产，公司将实现年产5万吨有机肥的规模，为提高界首市秸秆综合利用率和利用程度添砖加瓦。

应坤的事业同时也得到了界首市相关部门的高度认可，“这种模式解决了农作物秸秆和畜禽粪便问题，将有效改善界首及其周边地区农业面源污染状况，助力界首发展生产高效、资源节约、环境友好的生态农业。界首市将大力支持正基生态农业的秸秆收储、项目推进和有机肥销售等工作，引导企业不断做大做强。”

吃水不忘挖井人，作为创业者的应坤时刻懂得回馈社会的重要性和必要性。

每逢八一建军节和春节，他都会组织退役军人企业家去慰问功臣模范和退役军人贫困户。在2020年新冠肺炎疫情防控期间，应坤等退役军人志愿者带着方便面、口罩、饮用水、菊花茶等物品分别到界首芦村镇和河南郸城交界的疫情防控卡点、靳寨乡魏庄村、西城街道汪庄社区与河南沈丘交界的卡点、王集镇后刘庄、泉阳镇王付全、代桥镇与颍泉区交界的卡点、田营镇荣窑与太和交界、东城街道与太和交界卡点、陶庙镇赵庄等疫情防控卡点对一线工作人员进行慰问，为砖集镇刘楼行政村购买了盾牌、防护叉配合村干部进行巡逻、防控……应坤通过身体力行，诠释着“逆行者”的意义。

眼下，随着绿色农业正在成为中国农业发展的主流，应坤也对自己正在深耕的行业信心满满。

2021年中央一号文件明确表示，全年要持续推动化肥农药负增长，扩大有机肥替代化肥应用范围，要提高农产品质量和竞争力，坚持并确保农业绿色发展。

放眼全球，有机肥的应用已经颇为成熟。美国的有机肥料占比46%、英国占57%、德国占60%、法国占37%、澳大利亚占55%、加拿大占60%、韩国占48%、日本更是高达76%。

反观我国，尽管作为肥料生产大国和肥料使用大国，其化肥总产量和消费量均占世界三分之一以上，在实际使用中，新型肥料所占比重不到20%。

“有机肥未来潜力无穷。”应坤认为，一方面，过去传统化肥的投入引起了包括土壤酸化、盐渍化、土壤养分失衡等在内的土壤质量退化以及土壤硝酸盐积累、地下水和地表水农业面源污染等问题，改良土壤肥力、农产品增值增量的需求迫切；另一方面，农业农村发展由过度依赖资源消耗向绿色生态可持续方向转变势在必行，减少农业废弃物对环境造成的污染压力已成为我国生态文明建设和农业绿色发展的重要内容。

一组公开数据显示，2018—2023年，我国有机肥料行业将以10%—15%左右的增速增长。到2023年，产值规模将达到2155亿元。

不过，在应坤看来，企业规模小、产品所占比重低、科技研发不足、资金实力较为薄弱等问题长期掣肘有机肥行业的进一步发展，“未来，随着生物肥料、水溶肥、微生物肥、菌肥等新型肥料诞生推动中国有机肥走向纵深，我们要继续更新设备和研发实力，并向产品细分化的方向不断刷新公司的核心竞争力”。

“这片土地，

是生我养我的地方，

也是我挥洒奋斗汗水的地方。”

## 于素华

界首市金龙机械设备有限公司总经理

# 于素华：
# 勤耕深耕莫蹉跎

文/储丽　摄影/姜威

从一名小老板到一线业务员，再到一位创业者；从餐饮、装修、制鞋，到农用机械行业；从农用机械、储粮保粮等传统硬件设备的生产和销售，再到智能机器人和数字化粮情测控系统等智能化产品的研发与应用……对于界首市金龙机械设备有限公司总经理于素华来说，自步入社会以来，一直不断地奔走在跨界尝试与创业创新的路上，而时间的历练与行业的积累也让她实现了从迷茫到坚定，从“门外汉”到“内行人”的华丽转变。

如今，在她的带领下，金龙机械经过六年发展已然从一家仅生产粮食清理筛的业内新秀，发展到生产粮食输送机、扒谷机、灌包机、粮食扦样机、清粮机、液压装仓机等20余款粮食机械的集科、工、贸于一体的科技股份制企业，实现了一条粮机发展的“逆袭之路”。

## 误打误撞入对行

阜阳素有“百亿江淮粮仓”的美誉。作为传统农业大市、全国重要粮食生产基地和长三角重要的农产品供应基地之一，阜阳粮食生产连年丰收。公开资料显示，2019年阜阳市粮食总产量达524.3万吨，喜获“十六连丰”，连续12年超百亿斤，粮食种植面积和产量均居全省第一，“江淮粮仓”地位更加稳固。

于素华创办的公司，便坐落在界首市光武镇申湖工业区的一个村庄里。公司的背后，是一片偌大的农田。每到金秋时节，这里风光绚丽、硕果累累，一派稼禾覆盖大地的丰收景象。

“这片土地，是生我养我的地方，也是我挥洒奋斗汗水的地方。”提起这片土地，于素华热爱之情溢于言表。她从这里出生，在这里成长，曾经带着梦想从这里出发，如今又回到故乡重新起航。

于素华出生于界首一个普通的商人家庭，父亲曾经营过一家鞋厂。在家中商业氛围的熏陶下，于素华高中毕业后凭着一股子闯劲与“初生牛犊不怕虎”的干劲走出家乡，来到滁州寻找商机。从餐饮和装修行业做起，经过多年打拼，于素华将生意做得蒸蒸日上。

外面的世界固然精彩，可远不及家乡在她心中的位置。2008年的一场金融危机触动了她内心深处的那根弦，“家里熟悉，政策又好，为什么不回来创业呢？”2010年，于素华觉得时机到了，凭借丰富的经商经验，她和爱人一起毅然决然地回到家乡创办鞋厂。

正当事业风生水起之时，一段手机铃声又改变了于素华的创业轨迹。

2014年，于素华在给一位朋友打电话时，无意间听到对方的手机

铃声是一则粮食机械公司的广告。当时的她虽然对粮食机械有所耳闻，但对于背后的商业机会却一概不知。通过市场调研后，于素华发现，素有“江淮粮仓”的阜阳市粮食年年丰收，她预感到农用机械、保粮储粮设备以及物流设备等具有巨大的市场空间。

“只要想好了，就去付诸行动。”于素华几乎没有犹豫，便一头“扎”进了这个完全陌生的领域。

入行，得先让自己成为内行。

当时的于素华，还是客户眼中的“门外汉”。为了让自己尽快熟悉行情，她转变身份，去同行公司应聘，从基层业务员开始学习。

努力就有回报，凭借吃苦耐劳的精神和勤奋好学的态度，于素华用一年时间，将自己从“门外汉”变成了“内行人”。

筹资金、招工人、租场地……一番筹备后，2015年1月，界首市金龙机械设备有限公司应运而生，于素华和爱人再次开启了新的创业生涯。

“目前，公司主要生产经营输送机、移动式液压装仓机、清粮机、扒谷机、计量灌包机、移动式振动清理筛、移动式圆筒清粮机、散粮运输车、智能翻仓机等20余种产品，并可为客户进行粮油工业工程设计和项目承建。”六年前，粮食机械对于于素华来说，还是一个从未涉足的领域。而如今的她，已经做到了对产品烂熟于心，对行业了如指掌。

六年的时间，金龙机械从当初的行业新秀，发展成为客户遍及安徽、河南、湖北、云南、新疆以及四川等地的地方知名企业，产品和专利数量逐年递增，销量与营收节节攀升，员工人数也从刚起步的20多人发展至如今的70多人……

在于素华办公室的一面墙上，安徽省优秀民营企业、2018科技型中小企业、2018阜阳市专精特新认定证明、2019年国家知识产权优势企业、2019年优秀智能硬件产品、安徽省诚信企业、2020年度“安徽创新企业100强”等20余项奖项也见证了六年来于素华带领金龙机械走过的辉煌历程；而她自己，也从“创业标兵企业”“十佳巾帼创业企业”等荣誉中实现了社会价值和个人价值的双重升华。

## 紧跟市场节奏，不断开拓创新

近年来，界首粮食机械产业呈爆发式增长，正逐步成长为界首市的支柱产业之一。公开资料显示，截至2020年，界首粮食机械产业聚集了50余家规模以上企业，生产的粮食机械产品达4类、120种，行销全国31个省市，年产值超20亿元。

“只有加大科技投入，才能保证有源源不断的新产品，只有有了适应市场的新产品，企业才能在市场的大浪淘沙中立于不败之地。”于素华深知，要想不被市场淘汰，就必须跟上时代的发展步伐，走上创新发展之路。

六年来，金龙机械始终将新品研发作为公司发展的重头戏。“我们有专门的研发团队，新产品都是自主研发。”于素华介绍，目前，公司研发人员占比达10%，拥有9个软件著作权和103个专利，另外还与合肥学院、合肥工业大学等省内院校展开产学研合作，加大创新水平。2019年，由金龙机械研发的“JLJ-01自动化立体仓库用堆垛机”“JLK-01巷道堆垛立库”“SSQC-001型隧道墙面清洗车”三款产

品入围“2019年安徽省新产品名单（第三批）”；2020年，“JLC-01长行程伸缩货叉”“JLZ-01可变手杖的小车”入围“2020年安徽省新产品名单（第二批）”。

“谁的售后服务好，谁就更有竞争力。”在于素华看来，一款好产品一定要有一个良好的售后。

每到午收、秋收时节，于素华的手机会一天24小时不关机，亲自充当客服帮助客户答疑解问。“一般抢收时间只有一个月，这个时候就是客户需要售后的时间。”于素华清楚，粮油关乎国计民生，关乎稳定大

局，提供售后服务既是企业职责也是社会使命。

随着我国粮食加工企业正在向大型化和规模化转变，对粮食机械的需求正逐步向专业化、自动化和智能化方向提升。

“未来，智能化是我们的核心发展方向。”对于公司的未来发展，于素华了然于胸。实际上，在粮食平仓、扦样、扒谷和仓储等各个环节，金龙机械的无人化与智能化的现实图景已经一一展现。

她透露，由金龙机械旗下研发的“新型智能遥控机器人平仓机”先后荣获“2018年安徽省信息消费创新产品”和“2019年安徽省优秀智能硬件产品”称号，旗下的“智能机器人扦样机”亦获得“2020年安徽省优秀智能硬件产品”称号。

除了硬件产品，于素华还致力于软件研发。在粮库智能化方面，于素华推出的粮情智能通风检测系统让储粮实现了智能化。

过去，给粮仓“体检”可是个体力活。仓内温度、湿度、通风如何？都需要一一检测。现在，只要坐在电脑前，工作人员就能查看粮温信息。

“根据不同储粮条件和通风目的不同，可以实现多种通风模式控制。”于素华进一步解释，智能通风检测系统包括粮仓和一台计算机以及与计算机相互通信的CDMA联网主机，粮仓内设有温度传感器、自动通风装置、气体浓度传感器，分别与CDMA联网主机进行无线通信。当粮仓温度过高，或者熏蒸过后，若在粮仓内存在有毒气体，检测系统将自动启动通风装置。

在朝着智能化方向发展的同时，于素华也在筹划着向规模化的目标进军。“未来将把公司搬到西城工业园区，进行产业集群化发展。”

她透露，新公司将占地40亩，即将迎来开工，预计2021年底前竣工。

“企业大了，责任也就大了。”虽然企业正逐步发展壮大，于素华直言身上的担子比以前更重了。不过，员工的兢兢业业、爱人的携手奋战和客户的回购与好评，都是激励她勇往直前的源源动力。

“身为粮机人，就要对粮机负责，要发自内心地热爱它、不遗余力地做好它。”多年的创业生涯，历练了于素华拼搏进取而又乐观向上的性格。她笃信，只要热爱“耕耘”，就一定会迎来“丰收”。

“在新的领域大胆尝试，

是对自我能力的挑战和考验，

也是实现自我人生价值的方式。”

**张健**

安徽鼎正包装材料有限公司董事长

# 张健：
# "健"步如飞奋斗路

文/刘娜　摄影/姜威

你是否还在为洗几件衣服需要多少毫升洗衣液而纠结？你是否听闻过一颗小小的洗衣凝珠就能融解所有的忧虑？

专门为机洗设计，不仅操作简单，而且方便好用不脏手，神奇的洗衣凝珠虽然体积小，却能将一筒衣服洗得干干净净。"很多人认为就是塑料薄膜包着洗衣液，其实这里面是几乎没有含水量的超、超、超浓缩洗衣液，外面的水溶性薄膜更是大有乾坤。"安徽鼎正包装材料有限公司董事长张健围着一片薄薄的塑料膜转了八年。

顺着产业链逆行，张健一直在追求行业的话语权。成立之初，鼎正包装便与浙江树人大学、安徽大学等高校院所合作，组建了专门的研发队伍，投入大量资金从事可降解薄膜的研发。近年来，更是与清华大学教授郭宝华团队深入合作，研究高分子材料的制备与改性。

目前，鼎正包装每年仍将利润的五成投入研发，2020年实现营收超6000万元，在国内水溶膜市场的占有率达到了两成。

“洗衣凝珠是个很好的单品，鼎正将依此为切入口，继续在产业链上逆行，通过水溶膜拓展生物降解材料领域更多的场景。”一路走来，张健的创业路上布满崎岖，但是每一次，他都从未想过放弃，因为每次对自我能力的挑战都是他实现自我价值、“让自己欣慰”的考验。

## 深挖产业链

张健是个连续创业者。

1997年，他就跟随父辈从事食品原辅料贸易行业。在父辈身上，他看到了那代人特有的严谨认真。

“很多年轻人觉得父辈的认真几近迂腐，觉得他们的严谨简直刻板，但那其实是一种难得的精神，是家风。”张健觉得自己很幸运，早早便跟在父辈身边，被感染着学习到了很多经商本身之外的东西。

2001年，决心独自闯荡一番的张健离开了家族企业，走出了家庭管理模式，开始了单打独斗的创业人生。凭着从父辈那学来的行商之道，他在摸索中完成自己的原始积累。五年后，他独闯上海滩，在那个大舞台上，他的人生也悄然变化。

"上海是国际化的大市场，可以说是一个更高端的平台，在那个平台上，有着更多的资源，也会遇到更加志同道合的伙伴。"张健大开眼界，对商业经营有了全新认识，一些思想观念也得到了提升。

随着电商普及等因素的影响，传统贸易行业受到波及，开始走下坡路，利润也逐渐下滑。面对不利的市场环境，张健迅速反应，果断决定在食品产业链上做一些新的尝试。

2013年，他成立了一家食品生产公司，开始涉足食品生产制造环节，往产业链下游延伸。尽管从走向社会就开始和食品行业打交道，但

安徽鼎正
鼎正包装

办厂总没有那么一帆风顺。

“做贸易没有太多固定资产投入，办工厂你至少得有厂房、设备。”张健四处筹集资金建设工厂，等厂区好不容易建起来，又发现还有不少空置，利用率不足，他便开始寻找新的商机，盘活剩余空间。

彼时，一位行业内的朋友开始做食品包装，张健也借此机会第一次接触到食品包装行业中一个细分领域——食品的塑料薄膜。“这种膜可以食用，类似奶糖上的糯米纸，属于特殊包装领域。”深入了解了一番后，张健发现特殊包装还有很多类型，一种水溶膜进入了他的视野。

“顾名思义，水溶膜就是遇水可溶。”张健最初见到的水溶膜便应用在日化和剧毒农药等场景中。“在使用中包装自然分解，定量取用的同时也避免了剧毒农药包装等危废处理时带来的二次污染。”

恰好也是在同一年，宝洁公司将从20世纪90年代开始研究开发的洗衣凝珠引入中国市场，掀起了国内洗衣领域的新风潮。

如果将洗衣用品按时代划分，原始的草木灰和皂角粉可以算是1.0时代，在经历了2.0肥皂时代、3.0粉时代、4.0液时代后，以洗衣凝珠为代表的浓缩时代可谓是5.0时代。

2000年，宝洁公司在英国上市了第一款凝珠产品，随即在全球迎来了爆发式增长。欧睿国际的数据显示，2011—2014年，全球洗衣凝珠市场复合增长率超过50%，2018年全球洗衣凝珠市场规模达到34.5亿美元，预计2020年将近40亿美元。

张健打了个比方，兼具去污、柔顺、留香等于一身的洗衣凝珠就像给衣服做了一次SPA，“看上去普通，但里面的技术含量很高，一颗凝珠从里到外包括了生物酶技术、水溶膜封装技术和生物基表活技术等”。

“与传统的洗衣液相比，洗衣凝珠被定量封装在水溶膜里，也正因为水溶膜的特性，决定了洗衣凝珠的超浓缩质地。”张健介绍，与普通洗涤剂相比，浓缩洗涤剂提高了单位体积的洗涤剂有效成分含量。

放眼全球，洗涤剂产品绿色化发展的重要措施就是浓缩化。相关数据显示，美国液体洗涤剂浓缩化率达98.8%，欧洲近80%，日本达98.9%，韩国达66%。而《中国洗涤用品行业发展“十三五”规划》提出，到2020年，浓缩（高效）洗衣粉占洗衣粉总量的比重达到20%，浓缩（高效）液体洗涤剂占液体洗涤剂总量的比重达到20%。

无疑，洗衣凝珠的市场是广阔的，但由于价格较高、认知度不足，起初洗衣凝珠在中国市场显得有些水土不服。不过，近年来，本土品牌越来越看好洗衣凝珠市场，纷纷加入到市场布局中。随着市场的培训与教育不断加强，产品在消费者中认知度的提升、行业标准的逐步成熟等，洗衣凝珠的市场空间正在逐步扩大。

丰富的产品选择背后是强大的消费升级在推动。虽然每次凝珠洗涤的费用是普通洗衣液、洗衣粉的2—3倍，但洗衣凝珠以其出色的洁净力、抑菌去味力以及多彩可爱的造型俘获了年轻一代消费者的心。

更重要的是，为了适应国内消费者的生活习惯和场景，各企业生产出了8—10g小颗装的洗衣凝珠，既能减少浪费，又能降低残留风险，更重要的是拉低价格，让洗衣凝珠飞入寻常百姓家。欧睿国际数据显示，2019年中国洗衣凝珠市场规模已经超过5亿元，增长率超过110%。

加之洗衣凝珠体积小、便于运输，非常符合电商渠道销售的要求。统计数据显示，中国境内电商渠道凝珠销售量已达全部洗衣液销售总量的5%，其中，2020年1—11月阿里平台洗衣凝珠总体销售额超

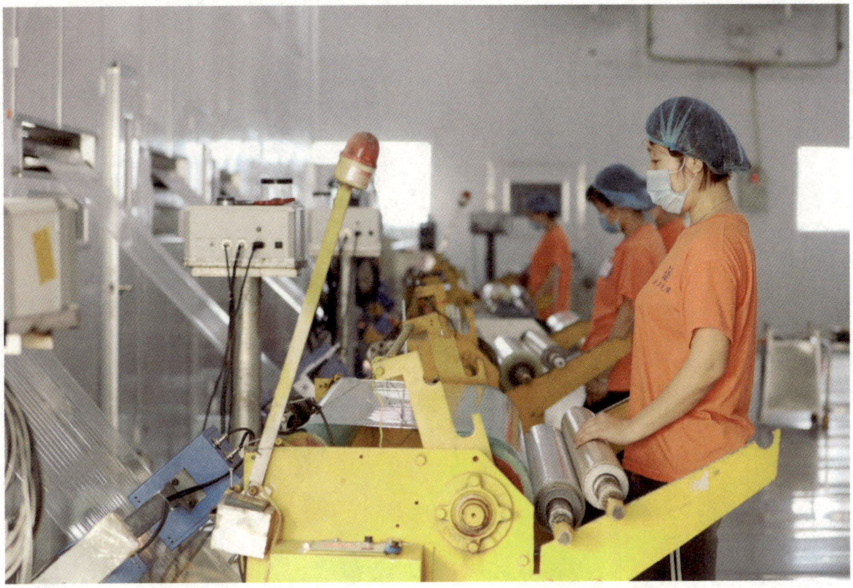

过12.8亿元，销量超过2164万件。

值得一提的是，洗衣凝珠比传统洗涤产品更加环保。

中国洗涤用品工业协会报告显示，如果所有中国消费者都使用浓缩洗涤剂，则可在生产和运输过程中，减少174.72万吨二氧化碳排放，节约85.67亿度电能；在使用过程中，减少242.11万吨洗涤废水排放。这相当于43.68万辆家用轿车一年的二氧化碳排放量，310.24万个家庭的年用电量和1.2万个家庭的年用水量。

"科技要把人类从家务中解放出来，有更多的时间去创造更大的价值。"张健认为，洗衣凝珠在产品性能和环保节能方面都有着传统洗

涤产品无法比拟的优势。

瞄准这颗小小的洗衣凝珠，张健开始了一次勇敢的跨界。

## “市场需求是研发动力”

2013年，张健带着新的创业决定回到家乡界首，他要在这里重新起航。

"水溶膜的技术一直被英、美、日等国垄断，国内仅有几家企业能够生产类似产品，但技术远不及发达国家水平。"张健打从一开始就打定主意，选择了自主研发这条"险路"。

2013年12月18日，安徽鼎正包装材料有限公司在界首市东城科技园区内成立，这里将被打造成为"绿色可降解PVA水溶膜"的生产基地和技术高地。

水溶膜是近年来在国际上崭露头角的一种新型塑料产品，属于塑料薄膜制造业。作为一种新颖绿色包装材料，它具有水和生物两种降解特性，是名副其实的高新环保产品，在欧美、日本等国均得到国家环保部门的认可。

"作为一种新兴的包装材料，水溶膜在软包装中有着极其广泛而独特的用途。"据张健介绍，水溶膜具有极好的透明度和光泽性、非带电性、较大的拉伸强度和撕裂强度、良好的耐油性能、极好的气体阻隔性、热合性与黏接性、透湿性大、脱模性和金属镀性好等优点。

而如何让这些优点在不同应用场景中被发挥到极致，成为张健的研发方向。

对于存在技术壁垒的行业而言，谁掌握了核心技术谁就拥有了行业话语权和主动权。张健引凤筑巢，在创业之初就与诸多高校院所合作，组建专门的研发队伍，斥资从事可降解薄膜的研发。

"温度、湿度、耐久性可以说是水溶膜技术最大的难点。"从水转移印刷、服装刺绣里衬到剧毒农药、医疗废弃物包装，再到以洗衣凝珠为代表的日化，张健摸着石头过河，逐渐拓宽了水溶膜的应用场景，也将自己的产品源源不断地出口巴西、印度等国家。

2016年，鼎正包装获批“国家级高新技术企业称号”。同年，凭借“绿色可降解PVA水溶膜”技术，鼎正包装还一举斩获该年度阜阳市创新创业大赛一等奖。

“创新无止境。”张健的研发团队持续对可降解薄膜进行技术攻关。2018年，鼎正包装升级了绿色可降解PVA水溶膜技术，研发出了通过时间和湿度或者温度和湿度去降解的可生物降解薄膜。

最重要的是，鼎正包装的制膜效率已接近于传统塑料吹膜的效率，这大大突破了成本等瓶颈。这个“PVA基可控降解功能膜的开发及应用项目”也让鼎正包装成功摘得了“中国创翼”全国创业创新大赛一等奖，并成为全国瞩目的新型环保产业技术。

2018年12月28日，安徽鼎洋生物基料有限公司成立，这是张健深耕产业链的又一力作。“如果说鼎正是将塑料薄膜原材料制成成品，那么鼎洋就是逆流而上，进行原材料的研发。”

特别是2020年7月，张健成功引进了清华大学郭宝华教授团队的专利，主攻高分子材料的制备与改性，目前，在环境友好高分子材料、能源高分子材料、生物医用高分子材料领域取得了较好的成绩。2020年，鼎正包装的营收突破了6000万元，年轻的鼎洋就贡献了超2000万元，“一切投入都是值得的”。

正是由于有着广阔的适用领域，水溶膜的市场空间也很庞大。“我们不仅和国内企业合作，还与东南亚、欧美等跨国集团签订了长期供销合同。”特别是“拿下”联合利华，可以说是张健和鼎正包装发展路上的里程碑。

2019年，第二届世界制造业大会在合肥举行，英国是主宾国。出乎

意料的是，张健不仅应邀参加了"中英塑料循环经济合作论坛"，还受邀作了一个主旨演讲。更没想到的是，论坛一结束，联合利华中国的研发总监就主动找上了门。

"联合利华在合肥的生产基地自2002年投产，目前整个合肥工业园的生产范围涵盖家庭及个人护理产品、茶叶加工及相关的物流配套服务，已成为联合利华全球最大的生产基地，出口14个国家，成为真正的全球供应中心。"张健对这位"巨头"一点也不陌生，此前他已经"攻关"一年半仍未有显著成果，现在人家主动递来了"橄榄枝"。

很快，鼎正包装成为联合利华洗衣凝珠产品的水溶膜供应商，其产品在国内水溶膜市场的占有率也达到了两成。“与行业龙头的合作不仅仅是一张大订单，更是在行业中树立了口碑，扩大了品牌影响力。”最令张健开心的是，联合利华英国总部已经拿到鼎正包装提供的样品，如果通过测试，鼎正或将成为联合利华的全球供应商。

以洗衣凝珠为切入口，张健瞄准了更大的市场。

在他看来，市场需求是研发的动力，“下一步，我们会以市场为导向，及时调整产品结构，提升技术含量，成为每个应用场景的专业供应商，保持市场占有率”。

不仅自主研发产品，为了节省2000多万元/台的进口设备成本，鼎正包装的生产设备也实现了自主研发，“成本只要80万元/台，一天的产能约5吨，产值近30万元/天。”张健表示，2021年将继续追加生产线至33条，扩大产能，以应对目前14条生产线满产也无法满足的订单量。

“这么多年，我几乎用着老本行——食品贸易的利润在贴补着水溶膜研发。”张健坦言，如果不跨界研发水溶膜，自己的日子可能会比现在更舒适，但心境一定没有现在这么享受。在他看来，做一件事就要做到极致，做企业也不能单纯从盈利出发，而是要做到让自己欣慰。

“在新的领域大胆尝试，是对自我能力的挑战和考验，也是实现自我人生价值的方式。”张健有信心引领行业的发展，实现在可降解薄膜领域的不断突破。

“办不到的事情我们不会承诺，

承诺的事情就一定能100%地兑现。”

**张玉勇**

安徽超星新材料科技有限公司董事长

# 张玉勇：
# 做最亮的那颗星

文/储丽　摄影/刘姜

100−1=0。

这是安徽超星新材料科技有限公司董事长张玉勇的“零缺陷”品质管理哲学。

“绝不会让管道带着问题走出公司大门。”张玉勇明白，要制造出一根让顾客满意的塑料管道，从配方、原料到加工，任何环节都不容有误。因为他坚信，“1”丁点儿的失误就会失去“100”分的客户信任。

25年前，怀揣着2万元现金，张玉勇创立山东金彩塑胶有限公司，投身工业领域色母粒及改性塑料的生产与研发。20多年来，他南下北上，带领公司从单一的区域市场发展至拥有十几家分公司的全国市场。

三年前，原已走出家乡的张玉勇再次回到起点，在家乡界首成立安徽超星新材料科技有限公司，致力于造出让用户放心的PE管道。

从打工仔到企业老板，从无到有、从小到大，从地方到全国再回到家乡，在人生的不同舞台上，张玉勇始终不忘初心，勇于攀登新的高峰。

如今，安徽超星依托山东金彩多年来在塑料领域的技术与资源积累，依靠界首市光武科技园再生塑料循环生产基地强大的产业链聚集效应，正逐步形成以各类改性塑料管道与各种改性塑料专用原料研发、生产、销售为一体的高效生产经营体系，朝着成为省内波纹管道代名词的目标迈进。

## 逐梦他乡

1993年，正值市场经济发展的初期。《潇洒走一回》这首脍炙人口的歌曲，因为其朴素的人生哲理、通俗流畅的旋律传遍大街小巷，也映衬了那个时代的国民心态。

那一年，张玉勇22岁。身边的朋友，有些人结婚生子，与父辈一样在家务农；有一些人在家乡找个谋生的工作。初中学历的张玉勇没有选择其中任何一条路，而是走出家乡，来到广东一家塑料制品厂打工。

技多不压身。张玉勇深知，打工不是长久之计，也看不到未来的出路。

“不如学一门技术。”在工作中，他比别人用心、刻苦，很快就熟练地掌握了塑料制品配色技术，又被一位同行朋友推荐至山东一家塑料

制品厂工作。

凭借敏锐的观察力，张玉勇发现，在工业色母粒及改性塑料领域，相对于东南沿海，北方市场还处于一片空白，存在很大的市场空间。

辞职，创业。

一番思考之后，创业的想法在张玉勇的脑海中挥之不去。

“还好有父亲的支持。”回忆创业之初，张玉勇很庆幸有一个开明开放的父亲。“父亲从银行贷了16000块钱，剩下的4000块钱靠父亲卖粮食和找亲戚东拼西凑才凑够的。”

1996年11月，工作两个月后的张玉勇正式辞职，在临沂成立了山东金彩的前身——古城颜料。那一年，他25岁。

创业，就如同走一条无人走过的路，沿途有不同的风景，也会有满地荆棘。张玉勇在创业之初，就已经做好了经受磨炼的准备。

创业那年，临沂的冬天湿冷难耐，“夜里烧了蜂窝煤取暖，半夜差点煤气中毒。如果不是半夜被小便憋醒，估计那时候就带着创业的梦想走了”。回忆创业之初的各种辛酸往事，张玉勇只是淡然一笑。

1997年元旦，公司筹备事宜一切就绪，当张玉勇兴奋地带着1万元现金去上海昆山采购颜料时，辛苦攒下的创业本钱竟然被小偷偷走一半。“5000块钱，无异于一笔天文数字，那个春节也没过好。”彼时，在上海打工的妻子得知进货的钱被偷后，对他没有一丝抱怨，把手中的积蓄拿出来支持他创业，帮他渡过难关。

创业第一年，张玉勇是采购员、技术员、销售员，也是客服……一个人连轴转，甚至为了节约成本，连四五十公斤的颜料都是自己坐汽车转公交一路从上海背回来的。“好在年轻，不怕熬，有用不完的精力。”张玉勇并不觉得累，乐在其中。

功夫不负有心人，半个月以后，张玉勇迎来了开张以来的第一单。“赚了200块钱，很兴奋。”

20世纪90年代，在塑料颜料市场，广东的配色技术遥遥领先，北方塑料厂找广东做颜料配色需要一个流程。“一提颜料就说找古城小张。”懂配色技术，又有货源渠道，张玉勇很快在当地市场赢得口碑。

1996年从2万元起步，1997年净赚40万元，1998年在成都成立第一家分店，2000年石家庄分店成立，2001年沈阳和洛阳分店成立，

2004年、2005年分别打开武汉、乌鲁木齐市场，随后又进驻昆明、哈尔滨等地……“哪里有市场就去哪里。”张玉勇告诉记者，从小就有创业梦想的他一直希望能把店做大做强。

市场机遇加上全力以赴的投入和信守承诺的经商精神，张玉勇很快就将古城颜料从临沂一家小门面发展至分店遍布全国各地的颜料品牌。

“把产品交给我，剩下的你就不用管了，等着结果出来就行。”这

是张玉勇经常挂在嘴边的话。正是因为这种诚信和极致认真负责的精神让他在行业内赢得了良好口碑，也是他撬动一个又一个市场的利器。

“办不到的事情我们不会承诺，承诺的事情就一定能100%地兑现。”张玉勇认为，只有诚信、认真，企业才能拥有今天的成绩。

经过十余年的发展，为了让古城颜料在原来的基础上进行品牌扩张、经营升级，张玉勇在2012年注册成立山东金彩塑胶有限公司，开始实现规模化发展。如今，主营业务为生产及研发各种工业领域色母粒及改性塑料的山东金彩，经过20多年的发展，在塑料改性研发及色母粒生产方面拥有深厚技术积累，在生物可降解塑料、塑料除味剂等方面均处于国内同行业领先水平。

## 情系故乡

张玉勇与塑料管道的结缘始于2017年。

“当时，几位管道客户和朋友找到我，想拉我一起合伙投资管道行业。”张玉勇回忆。

彼时，随着城市建设速度的加快，海绵城市建设、城市地下管网建设、水利系统工程建设、水污染防治工程建设等项目为塑料管道行业的发展带来难得的机遇。

公开数据显示，2015年塑料管材销售收入1421亿元，而预计到2017年底，行业销售收入将会达到1604亿元，增加183亿元，增长12.88%。

塑料管道行业可观的市场前景，吸引了大量资本及企业涌入该领域。

经过一番市场调研，张玉勇心动了，但迟迟没有作出决定。“当时主要考虑想跟安徽人合作，一方面，在这方面安徽的资源多；另一方面，我是土生土长的界首人，想回到家乡发展，带动周边老乡就业。”

对于张玉勇来说，外出闯荡这么多年，故乡在他心里永远处于最重要的位置，归乡置业的打算早已在他内心悄悄升起。

2018年，作为临沂市安徽商会的发起人和副会长，一次偶然的机会，在参与接待界首市政府招商代表到临沂招商引资的过程中，张玉勇了解到，界首的资源循环利用产业是目前国内链条最长、最完善的循环利用产业集群，形成了链条完备、效益突出的全国循环经济品牌。

“光武科技园是一个再生塑料回收、加工、利用和供应的循环经济产业园。这里有原料、有市场，又是我的家乡。”这一次，张玉勇几乎没有犹豫，迅速便开始行动。

2018年11月，回到界首考察；

2018年12月，在离家不到五千米的光武科技园注册成立安徽超星新材料科技有限公司，提交项目可行性报告；

2019年5月，政府挂牌；7月动工；12月竣工；

2020年4月，开始投入高性能聚乙烯管道生产。

从动工建设到开始投产，仅用了10个月的时间。张玉勇再一次用行动证明了自己。

他介绍，超星一期总投资2.1亿元，占地面积50亩，目前已建成有两座超大型国内先进现代化钢结构生产厂房及一栋科研办公楼，建成标准化仓储及辅助用房2万多平方米，实现年产5万吨高性能聚乙烯管道及颗粒能力。

“我们在疫情期间发展起来，实属不易。”张玉勇透露，公司目前还处于创业稳步发展阶段，2020年营收达3000万元，预计2021年能实现8000万元。

虽然刚成立不久，但超星的产品已经在雄安新区政府管网工程建设、大兴国际机场周边管网建设以及河北、山东、河南、安徽、陕西、山西、湖北、湖南、江苏等省农网改造和美丽乡村建设中得以广泛应用。

张玉勇透露，依托山东金彩多年来在塑料领域的技术积累和光武科技园再生塑料循环生产基地强大的产业链聚集效应，安徽超星将来一定会成为安徽波纹管道的代名词。

## 成人达己

不忙的时候，张玉勇会在办公室里看各种资料，或者在实验室里研究配方，公司里生产、销售和配色都由他亲自把关。

作为典型的技术型老板，张玉勇每天还习惯性地往车间转一转，查看生产情况。管材看似简单，却是材料与科技融合的精髓。在他看来，细节决定长远，而这个细节就藏在产品的方方面面。

“每一根管道都有一个身份证号。”张玉勇透露，公司的原料、半成品和成品管道上都有一套编码，准确标明产品的生产日期，让产品质量、生产流程甚至原材料上都做到可追溯，务必造出每一根都让用户放心的管道。

在超星，“坚决不允许产品带着问题出厂”——已经是一条不成文的铁律。张玉勇认为，产品质量是企业发展的根基。

“100-1=0。” 这是超星的“零缺陷”品质无瑕管理理念，在他看来，“1”丁点儿的失误都会失去“100”分的客户信任。

张玉勇称，目前公司有100多人，其中研发人员就占百分之十。随着研发经验的积累，目前公司已申请发明专利30余项，实用新型专利20余项，并先后与安徽建筑大学、华东理工大学、四川大学高分子研究院签

订长期产学研合作协议，研发基于HDPE、PE、PP等材料的高性能产品，从而让产品在传统工艺基础上实现质量轻、耐腐蚀等特点，获得高强度、高韧性、低成本、耐候性强的材料与更成熟的生产工艺。

生产自主、研发自主、质检自主，超星拥有了行业创新的绝对实力。在行业竞争激烈的环境下，张玉勇深信，要想在市场上站住脚，只有把自己的特色做出来、把产品质量提高上来，才能让客户百分之百的放心。

在企业发展壮大的同时，张玉勇很清楚，一个行业的繁荣不是一家企业独大所能支撑的，而要靠所有企业共同发展才能推动行业的进步、市场的繁荣。“我们的大门永远向同行开放。”张玉勇认为，只有同行之间竞争与合作、资源共享、互相交流才能碰撞出更多火花，拓宽视野。

如今，随着公司逐渐走入正轨，张玉勇又开始思考如何让员工共同进步，让每一个员工生活得更有价值、更有尊严。

为了给员工创造良好的工作环境，也让员工的生活更加丰富多彩，张玉勇在成立公司之时，就设立了食堂、图书室、健身房等设施，“做企业不单单是为了钱，也要让员工的幸福指数得到提高”。

张玉勇爱学，也同样敬重每一个爱学之人。每个月，他都会组织员工读书，定期让大家分享读书心得体会，并在精神和物质上给予奖励。

在管理上，张玉勇喜欢做加法。在公司的规章制度中，“技改想法一经采用奖励200元”“员工工作期间及时发现安全隐患奖励200元”……在他眼中，超星更像是有爱有温度的大家庭，“制度化管理会让人不舒服，希望更民主和人性化管理，大家都开心”。

在张玉勇看来，一个优秀的企业家，首先要成就员工，成就客户，最后才能成就企业，成就自己，只有成人达己，才能行稳致远。

# 后记

## 一座“慢城”的奔跑

近年来，地域相近、人缘相亲、经济相融、文化相通的长三角地区驶入发展的新跑道，“长三角一体化发展”已经晋阶为国际热议话题和国内热门词汇。而已经融入长三角、拥抱新机遇的安徽省界首市，却在着力宣介“倾心打造‘品质慢城’”。此话怎讲，又作何解呢?！

作为新闻工作者，我们以好奇的眼光不断地在这座城市的历史与现实中，搜索着关于“慢城”的诠释。原来，在界首人的字典里，所谓“慢城”，即是凸显在这座城市的生产、生活、生态方面，其中又具有三重含义。首先体现在老百姓的生活品味之中，以不惜降低容积率、降低城市建筑密度的成本，大幅度增加绿地面积，释放大众的心灵空间；其次体现在城市的建设理念之中，念好念活“水生态、绿文章、慢生活”的新《三字经》，将“慢城”的理念渗透于城市建设与管理的政策举措；最后体现在产业的发展方式之中，一产、二产、三产皆在脱胎换骨、迭代升级。

由此看来，这个“慢”既可以是红旗漫卷，也可能是信步漫游；既可以是漫天漫地，也可能是漫笔漫书。但绝非是步调上的慢慢腾腾、慢慢悠悠，而是情调上的缓歌曼舞、轻拢慢捻。当千城一面地追逐着快的节奏时，这座皖西北边城却一反常态，追求着“慢”工出细活。为此，我们再次将关注和赞赏的目光投向匠心独运的“慢城”——界首。

应当说，2020年是一个非同寻常的年份，突发的疫情向我们设置了一道又一道难题与难关。但是，面对这场空前的挑战，界首民众在界首市委、市政府的带领下，以难以置信的坚韧、难能可贵的精神，知难而进，克难攻坚，遇难呈祥，分别在疫情防控、经济复苏、精准脱贫、防汛救灾、作风建设的“五项大考”中，交出了一份“高分卷”。我们的手头有这样一组数据：2020年，界首完成工业产值693.5亿元，同比增长4.2%；累计实现规上工业增加值132.4亿元，同比增长6.3%，居阜阳首位，高于全国3.5个百分点；完成工业投资44.03亿元，同比增速3.3%。在获批为国家级绿色产业示范基地的同时，界首再次入选中国社科院发布的“全国投资潜力百强县（市）”榜，投资潜力位居全国前十；再次获得工业稳增长促转型升级成效明显地区省政府表彰；再次进入安徽省制造业综合十强县（市）、发展增速十快县（市）行列；在安徽省开发区综合考核评价中阜阳界首高新区再次获得省政府表彰……请不要忽视这一系列的“再次”，正是在“一而再、再而三”的敲金击玉中，界首的发展才完成了以强基、淬炼、涵育、创变、提升、加速为要素的新旧动能转换。

作为长三角最西北的边界，界首善于用市场的逻辑、资本的力量、开放的思维和创新的举措推动城市的高质量发展，发展成就着实令人咂舌、引人注目。“界首是界首人的界首”，耕作憩息在兰芷之室、地上天宫的界首民众，在可爱的家乡时时会有如登春台的幸福感。

“坚志者，功名之主也；不惰者，众善之师也。”界首能够拥有如此优渥的城市硬件和软件，当然要靠不计其数、不胜枚举，甚至默默无闻、籍籍无名的奋斗者的苦干实干，大干快干。而在界首市建功立业的浩荡大军中，创业者群体则成为城市蝶变里独特而又壮观的风景。守土有责，守土负责，守土尽责。他们用双手创造了丰硕的发展成果，用双肩扛起了厚重的使命担当。

当然，在每个梦想的落地生根中，也让创业者、企业家和诸多加盟界首的专家学者们切身感受到了热度、速度、风度的别样含义。皖北人特有的抱素怀朴与襟怀洒落，在界首这片厚土上似乎体现得更为淋漓尽致。抑或正是这种踔厉风发的姿态、激昂慷慨的神态、覆海移山的形态，才造就了今日界首郁郁葱葱的生态、蓬蓬勃勃的常态、赫赫扬扬的状态。

务实开明的界首市委、市政府，为了生动记录追梦人、实干家的勤奋足迹，再度与安徽日报报业集团徽商传媒联袂策划，继2020年编辑出版《界首新徽商》之后，又重磅推出姊妹篇《界首创业者》，饱含深情地讲好中国故事界首篇。书中的25个创业人物（团队），依然是一张张全新面孔，尽管各自所处的行业和产业不同，但是他们创业创造的劲头、奋斗奋进的精神极度相近。读者朋友通过阅读“检阅”他们的成长与成就，或许能够发现他们创业的内核与硬核，近距离地领略他们梦想的多元与多彩。

在庆祝中国共产党成立100周年之际，作为创业者、新徽商和界首市的献礼之作，《界首创业者》汇聚了各方赤心与睿智。此书的成功出版，首先要感谢界首市委、市政府的高度重视，市委书记何逢阳、市长丁思彬等领导同志给予了悉心指导和坚定支持；特别感谢所有入编人物的密切协作以及界首市高新区管委会等相关部门的竭力襄助。在此，尤其要感谢始终为界首发展出智出力的上海安徽经济文化促进会会长，原上海铁路局党委书记、局长刘涟清同志，为本书欣然作序；衷心感谢本书编委会的诸位领导同志、专家学者，在本书编纂过程中所给予的悉心指导；屈凯、刘伟、曹伟、张猛、姚安等同志为本书的精确表达与精彩呈现，皆投入了满腔热忱；更要感谢人民东方出版传媒集团、东方出版社为本书的顺利出版所付出的热忱与辛勤。

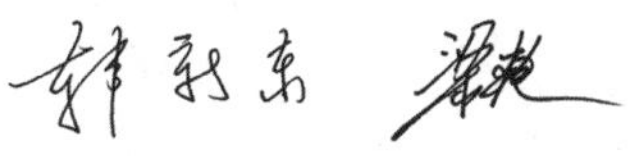

2021年9月